VEREDAS

Isabel Vieira

3ª edição

© ISABEL VIEIRA, 2013
1ª edição 1991
2ª edição 2003

COORDENAÇÃO EDITORIAL	Maristela Petrili de Almeida Leite
EDIÇÃO DE TEXTO	Carolina Leite de Souza, Marília Mendes
COORDENAÇÃO DE PRODUÇÃO GRÁFICA	Dalva Fumiko
COORDENAÇÃO DE REVISÃO	Elaine Cristina del Nero
REVISÃO	Nair Hitomi Kayo
COORDENAÇÃO DE EDIÇÃO DE ARTE	Camila Fiorenza
PROJETO GRÁFICO	Camila Fiorenza
ILUSTRAÇÃO DE CAPA E MIOLO	Bruna Assis Brasil
DIAGRAMAÇÃO	Cristina Uetake, Elisa Nogueira
PRÉ-IMPRESSÃO	Helio P. de Souza Filho, Marcio H. Kamoto,
COORDENAÇÃO DE PRODUÇÃO INDUSTRIAL	Wilson Aparecido Troque
IMPRESSÃO E ACABAMENTO	Log&Print Gráfica e Logística S.A.

Lote: 770788
Código: 12084547

Dados Internacionais de Catalogação na Publicação (CIP)
(Câmara Brasileira do Livro, SP, Brasil)

Vieira, Isabel
  E agora, mãe? / Isabel Vieira. — 3. ed. —
São Paulo: Moderna, 2013. — (Coleção veredas)

1. Literatura infantojuvenil I. Título. II. Série.

ISBN 978-85-16-08454-7

12-13980   CDD-028.5

Índices para catálogo sistemático:
  1. Literatura infantojuvenil 028.5
  2. Literatura juvenil 028.5

Reprodução proíbida. Art.184 do Código Penal e Lei 9.610 de 19 de fevereiro de 1998.

Todos os direitos reservados

EDITORA MODERNA LTDA.
Rua Padre Adelino, 758 - Belenzinho
São Paulo - SP - Brasil - CEP 03303-904
Vendas e Atendimento: Tel. (11) 2790-1300
www.modernaliteratura.com.br
2023

A
Maria Gabriela
Maria Clara,
Camila,
Ângela
e às duas Aninhas:
Carolina e Luísa.

Este livro não teria sido escrito sem
a ajuda destas pessoas, a quem
agradeço de coração:
Albertina Takiuti, Andreia Peres,
Angela Ziroldo, Elisa S. Carvalho,
Magaly Bueno, Maria Cecília M.
Kolbe, Marion Rauscher Gallbash,
Paula Perillo e Rogério P. Arraes.

1. A cigana ... **9**

2. Pressentimento **20**

3. Romeu e Julieta **30**

4. Também acontece comigo **40**

5. Aborto **49**

6. Na boca do povo **58**

7. Ano das mudanças **69**

8. Gota d'água **81**

9. Estrela trágica **94**

10. Sampa **106**

11. Perdão **117**

12. Espetáculo **129**

"Certas coisas, só se veem olhando
de fora; outras, de dentro; outras,
não se veem nunca."
Renato Modernell
(*Meninos de Netuno*)

A ★ CIGANA

No dia em que se tornou Julieta, confirmando a premonição da cigana sobre o seu destino, Jana reparou que a velha paineira da praça rebentava em flores cor-de-rosa, atraindo revoadas de passarinhos. Era uma imensa árvore de vinte metros de altura, com o tronco avantajado e recoberto de espinhos. Gostava dela desde pequena, quando vinha com a babá na praça, nos fins de tarde, andar no seu velocípede. Naquela época, encantavam-na os frutos da árvore, recheados de sementes envolvidas por uma paina branca e macia. Lurdes se divertia vendo a sua menina catá-los do chão, disputando-os com os periquitos.

Felizmente a praça estava deserta. Jana atravessou-a quase correndo, com o rosto afogueado e os cabelos revoltos por causa do vento da moto que, tão logo a deixara, já desaparecia na esquina. Acenou de longe para Ivan e jogou-lhe um último beijo, certa de que ninguém a vira saltar da garupa. Tinha os olhos brilhantes e o coração leve como o sonho que viera acalentando na volta do passeio, colada às costas dele, sentindo a velocidade como uma vertigem. *Oh meu Romeu, se me amas de verdade, dize-o sinceramente* – via-se expressando com o corpo inteiro, bem centrada no seu eixo, dona de cada movimento, girando e alongando, subindo, crescendo, sentindo a música de Prokofiev em cada tendão, em cada músculo. Os pés tão esticados que já não eram pés, eram parte das pernas. Os braços flutuando, delicados como folhas ao vento. O teatro escuro feito um buraco negro e ela, sob a luz do palco, girando, crescendo, ponta muito esticada, a cabeça inclinada acompanhando a mão direita, corpo tão alongado: *Oh meu Romeu, não julgues leviano este amor que descobriste na noite escura.*

Te deixo no lugar de sempre? – Ivan havia parado a moto na entrada da cidade para se despedirem, e Jana, na sequência do seu sonho, se pendurara no pescoço dele negando-se a interromper a magia. Tinha as faces coradas pelo ar do campo e a alma inundada de uma felicidade tão cristalina que, ao sentir os cabelos dele cheirando a mato, confundiu-o com Romeu saltando o muro do pomar para ver Julieta nas sombras da noite, e agora tendo de retornar ao bosque depois da longa despedida. Teve ímpetos de dizer-lhe: *Oh meu Romeu, a despedida é tão doce que esperarei até o romper do dia*, mas a natureza diversa das inquietações do namorado freou seu romantismo.

– Se o seu pai descobre nossos passeios, estamos perdidos. – O receio na voz de Ivan trouxe-a de volta à realidade.

– Não descobre. Não tem ninguém na praça nesta hora – ouviu-se responder, sentindo um friozinho na espinha. E, enquanto ele punha de novo a moto em movimento, sussurrou-lhe no ouvido: – Você vai torcer para eu ganhar o papel?

Ivan respondeu que sim, claro, mas Jana sabia que ele estava mentindo. Cada vez mais, nos últimos meses, a determinação com que ela se dedicava à dança era motivo de suas brigas. Jana fazia uma hora e meia de aula, diariamente, e, desde que fora aceita no grupo semiprofissional da academia, ainda gastava outro tanto com os ensaios – mesmo quando não havia apresentações programadas –, porque era preciso manter sempre atualizado o repertório da companhia.

No começo, Ivan ficara fascinado por ter uma namorada bailarina. A leveza dos gestos e o encanto da postura, adquiridos ao longo de dez anos de dura disciplina, faziam Jana ondular acima das outras garotas da cidade como uma pequena sílfide. Mesmo metida nos seus velhos *jeans* e camisetas, ou quando vestia o insignificante abrigo azul-marinho das aulas de educação física, ela era a mais graciosa de todas. Seu corpo se habituara de tal modo às posturas do balé que não sabia mover-se em outro ritmo.

Com o tempo, porém, Ivan começou a se ressentir das suas ausências nos programas e lugares aonde o resto da turma costumava ir. Jana trocava qualquer festinha pelos ensaios; jamais aparecia nos treinos de vôlei para vê-lo jogar e raramente podia acompanhá-lo até num simples sorvete, como qualquer namorada faria. Mesmo quando passaram a se encontrar depois do almoço, após as aulas, único horário de que dispunha, Jana estava sempre atenta ao relógio e não permitia que seus passeios fora da cidade a atrasassem. Às quatro horas em ponto tinha de estar na academia. E Ivan já nem sabia mais quantas tardes de sábado a esperara em vão, no clube, por conta de um ensaio extra no único dia da semana em que podiam se estender experimentando uma coreografia nova, ou recebendo lições de algum mestre convidado, conforme ela lhe explicava mais tarde, quase chorando, meiga e doce diante da sua fúria.

Quando avistou a cigana, do outro lado da praça – meio escondida pelo coreto e arrastando pela mão uma criança suja e miudinha –, Jana tinha sentado por um instante num dos bancos e revirava a mochila à procura da escova de cabelos, para recompor um pouco as emoções, antes de chegar à academia. Pensava que, se o novo coreógrafo a escolhesse para o papel principal, na montagem de *Romeu e Julieta*, excursionaria por outras cidades e, quem sabe, poderia ser vista até em São Paulo. Então teria a chance de, em pouco tempo, ingressar no balé profissional. Como se sentiria o namorado? E, principalmente, qual seria a reação de seu pai?

Júlio Cardoso tinha razões menos imediatistas que as de Ivan para se opor à carreira da filha. Para um homem que passou toda a vida em cidades do interior, sem nunca ter se afastado mais de duzentos quilômetros de Rio Largo – onde constituíra família e há dezoito anos era gerente de um banco –, imaginar sua garotinha de apenas catorze anos entre a fumaça, o trânsito e os assaltantes de uma metrópole, e, sobretudo, entre as más companhias do meio artístico, era uma ideia tão esdrúxula quanto enviá-la num foguete para a lua.

Ele não levou a sério as pretensões de Jana até cerca de um ano antes, quando a viu dançar um *pas-de-deux* numa apresentação da companhia. Sua princesinha, apesar de ser a mais jovem entre as bailarinas, foi a estrela da noite. Não gostou do talento inegável que vislumbrou pela primeira vez na filha, porque isso significava admitir os vaticínios de dona Marly, a professora e proprietária da academia. Ela sempre jurou que a menina viera ao mundo para dançar e que um dia ainda seria a *prima balerina* do Teatro Municipal de São Paulo. Isso na pior das hipóteses, pois o mais certo era ser descoberta por alguma companhia estrangeira e fazer sucesso fora do país, como poucas. Amiga da família há muitos anos, Marly passou a ouvir de Júlio que ela era uma traidora, pois vivia enchendo a cabeça da menina com ideias malucas.

E Júlio apreciou menos ainda a naturalidade com que Jana compartilhava intimidades com seu *partner*, um tal de mãos pegando daqui, segurando dali, roçando, encostando, levantando no ar; que brincadeira era essa? Não adiantou a filha ter-lhe assegurado, dramática, os olhos marejados de lágrimas da mais pura indignação, que o bailarino era apenas um amigo e era ele, Júlio, quem tinha maldade dentro da cabeça.

Teve medo de perder o controle sobre a filha. Arrependeu-se de tê-la matriculado tão cedo no balé, uma menininha de quatro anos apenas, mais porque todas as garotas da sociedade de Rio Largo frequentavam o balé de dona Marly que por qualquer outra razão. E de tampouco ter escutado a ladainha de sua mulher, Laís, nos últimos tempos: Júlio, nossa filha está descuidando dos estudos, só pensa em dançar; ela quer ser bailarina, Júlio, bailarina profissional; diz que só vai acabar o nono ano e olhe lá; nem vai fazer o Ensino Médio.

Júlio Cardoso tinha outros sonhos para sua filha única, sonhos comuns, como os de qualquer pai: uma profissão menos original e mais rentável e um marido trabalhador e de boa família que, em última instância, arcaria com as responsabilidades do lar. Mas andava ocupado demais com os problemas do banco. Assim, a única providência concreta que tomou foi exigir de Jana, como condição para continuar dançando, que frequentasse também um curso de inglês, isso sim, uma coisa útil e que lhe serviria no futuro. Em hipótese alguma deveria parar de estudar. Quanto a balé profissional, assunto encerrado por enquanto. Era muito nova para pensar nisso, e devia ter em mente que morava no Brasil, numa cidade de trezentos mil habitantes, no interior do estado de São Paulo, não na Alemanha, onde com a sua idade as bailarinas já são profissionais. Essa última parte da advertência punha Jana furiosa, pois o pai invertia seu raciocínio e usava contra ela o argumento que ela própria lhe dera.

Mas Júlio não voltara à carga desde que soubera, pela mulher, do namoro da filha. Parecia tranquilizado e esquecido do problema. À parte os passeios de motocicleta – que proibia porque o garoto era menor de idade e achava um absurdo os pais permitirem que dirigisse sem licença –, gostava de Ivan e não se opunha a que frequentasse sua casa. Até se alegrava com o namoro. Sabia que ele era um rapaz de boa família, filho do melhor dentista da cidade e, pelo que o próprio pai dizia, o futuro herdeiro da sua clientela. Acreditou ser bom para a filha uma vida mais parecida com a das meninas da sua idade: ter um namoradinho, ir ao clube, a festas, se divertir. Quem sabe com isso acabasse esquecendo essa bobagem de dançar.

Anos mais tarde, quando esses dias lhe voltassem à lembrança, Jana haveria de atentar para a ironia desse raciocínio. Mas, pelo menos a respeito do inglês, seu pai, ainda que por caminhos tortuosos, profetizara o futuro.

Se não tivesse parado para ouvir a cigana, naquela tarde, ela não teria feito a predição que mudaria o seu destino? Os fatos poderiam ter sido diferentes? Esta história não existiria? Ou quem sabe ela já estava escrita desde o começo e a cigana não fez mais do que lhe adiantar os caminhos?

Jana a viu se aproximar com a criança pela mão, e seu primeiro impulso foi fugir. "Os ciganos têm olhos maldosos; repare nos olhos deles; eles roubam criancinhas e são loucos por dinheiro", amedrontava-a Lurdes quando Jana era pequena. Espiava do alto do sobrado, da janela do seu quarto, o acampamento que os ciganos costumavam montar no terreno ao lado, abrindo só uma frestinha para não ser vista por eles. Fascinada pelas carroças e pela colorida desordem, perguntava-se como poderiam ser ricos se nem tinham casa onde morar e por que roubariam criancinhas se já tinham tantos filhos. Ou talvez não fossem filhos, e sim crianças roubadas.

A vontade de ver de perto aquelas mulheres cheias de miçangas, colares, pulseiras, brincos e lenços esbarrava no pavor que lhe provocavam as palavras da babá e acabava por nem pôr os pés na calçada enquanto os ciganos estavam na cidade. Depois, com o progresso, eles passaram a se instalar cada vez mais longe, na periferia, e tornou-se raro vê-los até mesmo na praça, como agora.

— Não quer saber a sua sorte, menina bonita? Leio a mão por uma notinha, a menor que você tem na carteira.

Jana encarou timidamente a mulher. Era jovem e bonita, trazia um lenço vermelho na cabeça e suas roupas estavam velhas e sujas. Não soube decifrar se nos seus olhos havia maldade, esperteza ou apenas fome e fadiga.

— Quanto? — perguntou para ganhar tempo, notando com receio que ela e o garotinho já estavam sentados ao seu lado, no banco, e que agora fugir poderia ser pior. E se a cigana corresse atrás?

— Quanto quiser. Vamos, me dê sua mão, é rapidinho. — A mulher puxou delicada, mas firmemente a mão que segurava a alça da mochila. Jana não protestou.

— Você é capaz de saber se uma coisa que desejo muito vai acontecer? — perguntou sem graça, para disfarçar o constrangimento.

A cigana não respondeu. Examinou sua mão esquerda por um tempo que, para ela, pareceu interminável. Depois pediu para ver a direita. Em seguida, olhou-a bem dentro dos olhos.

— Muita coisa vai mudar na sua vida, nos próximos meses — disse por fim.

— Coisas boas? — Jana gracejou, nervosa.

A cigana fez um gesto ambíguo, que tanto poderia significar sim como não.

– Vejo-a ocupando o centro de uma cena. Todas as atenções estão voltadas para você.

– Um palco, talvez?

– Talvez – respondeu a cigana. – Você é a estrela, mas uma estrela trágica. Vai viver um grande e desastrado amor.

Jana sentiu-se tão aliviada e feliz que tirou da carteira não a menor, mas a maior nota que trazia, e estendeu--a à mulher. Estremeceu quando ela prendeu-lhe o pulso ao pegar o dinheiro, impedindo-a de sair correndo. Então completou a profecia com uma frase ininteligível:

– E esse amor vai dar um fruto.

– Um fruto?

A princípio Jana se assustou com o tom solene da mulher, mas, depois, nos três quarteirões entre a praça e a academia, foi decifrando a charada. Um fruto? Sim, claro! "Um fruto" poderia ser o sucesso, ou o consentimento de seu pai, ou a chance de ingressar em algum grupo de São Paulo, ou até mesmo tudo isso junto, por que não? Ser Julieta poderia lhe render não um, mas muitos frutos. Bem que merecia: quanto tempo ensinando seu corpo a ter paciência e disciplina, quantos anos gastos até ele entender exatamente o que ela queria que fizesse? Quantas bolhas, quantas contusões, quantas unhas do dedão perdidas por causa da sapatilha de ponta? Quantas vezes a planta do pé esfolada, tendo de amenizar a dor com pomada anestésica antes de entrar em cena?

Agora tinha o corpo e a alma preparados para ser Julieta. A alma, sobretudo. Encantava-a esse papel. Os gestos não alcançam a alma que dança, se você não dança com sentimento, dizia sempre dona Marly, e isso significava uma coisa só: expressão. Encarnar a personagem e passar isso para o público. Acreditar em Julieta, transformar-se em Julieta, ser Julieta. De que adianta uma bailarina ter técnica, se ela não transmite emoção, se não sabe se expressar?

Afagando a sapatilha de ponta dentro da mochila, Jana entrou na academia, tão deslumbrada, que quase tropeçou em seu Antônio, o velho pianista que tocava nas aulas.

— O que é isso, Jana? Está sonhando acordada?

— Estou, seu Antônio — respondeu-lhe, três horas mais tarde, antes de ir embora para casa.

Já era então Julieta. Tinha ganho o papel.

PRESSENTIMENTO

— Acorda, preguiçosa. Não levantou ainda? Seu pai já está tomando café. Você está atrasada. — Lurdes abriu a janela do quarto de mansinho, para que a claridade não ofuscasse os olhos da sua pequena, mas levou um susto ao ver a cama vazia.

– Jana, Jana, você está aí? – deu várias pancadas fortes na porta do banheiro. Sentiu cheiro de vômito. – Jana, você está bem, filha? Abra a porta, Jana!

A chave girou na fechadura, e Jana apareceu enxugando o rosto, com a escova de dentes na mão e recendendo a lavanda. Estava pálida e ainda de pijama.

– Me atrasei, mas já vou indo, Lurdes. Num instante me visto. Diga ao papai que já vou.

A empregada balançou a cabeça, preocupada. Trabalhava na casa há quinze anos, vira a menina nascer e não se deixou enganar pelo cheiro forte do perfume. Nem precisava inspecionar o banheiro para saber que ela andara vomitando. Bastou-lhe um rápido olhar para a fisionomia alterada de Jana.

Suspirou fundo e desceu as escadas, para avisar os patrões. Júlio tinha o jornal aberto sobre a mesa do café e, por isso, não notou as olheiras da filha, quando ela sentou apressada e mal engoliu uns goles de chá.

– Coma direito, Jana. Isso é café que se tome? Com toda a energia que você gasta o dia inteiro? Desse jeito vai acabar com uma anemia. – Laís, ao contrário, examinava desconfiada o semblante da filha, enquanto lhe empurrava o pão e a manteiga.

Lurdes se deu conta dos olhares das duas – o da mãe, perscrutador e agudo; o da filha, agoniado e cheio de pressentimentos – e veio em socorro de Jana.

– Essa menina sempre viveu de brisa, dona Laís. Lembra de quando era pequena? Nem leite queria, e ainda era um bebezinho. Só gostava de bolacha, pipoca, salgadinho... Que luta pra fazer ela comer, lembra?

Jana lançou-lhe um olhar agradecido e saiu da mesa, seguindo o pai, que esquentava o motor do carro na garagem. Depois de uma noite de ventania, o dia tinha amanhecido esplêndido. As azaleias invadiam o jardim, viçosas e floridas, e o ipê-amarelo deixara um tapete de flores na calçada molhada de sereno.

– É, já estamos em agosto – comentou Júlio, apontando-lhe a árvore.

Tinha acordado bem-disposto e puxou conversa com a filha no caminho da escola. Como iam os ensaios? E Ivan? Estava achando-o meio sumido. Tinham brigado, por acaso? Quando estreava o espetáculo? Jana balbuciou que sim, tudo bem com o espetáculo, estreariam em dezembro, há quatro meses ensaiavam. Tudo bem com Ivan também; não, não haviam brigado, e pai e filha davam-se conta de que nesses meses todos mal tinham se falado.

Júlio passara o primeiro semestre do ano tão alheado da vida da casa que não tivera disposição nem tempo de criar-lhe novos obstáculos. Só chegava à noite para não desgrudar os olhos da tevê, pasmo diante das cenas daqueles comícios inéditos, centenas de milhares de pessoas nas ruas do país inteiro pedindo eleições diretas, aturdido com os fazendeiros a lhe bater na porta do banco, o dia todo, pedindo ajuda, sem saber o que fazer com os boias-frias revoltosos, canaviais em fogo, colheita da laranja parada, não se falava de outra coisa na região...

– De qualquer jeito você sabe que enquanto dançar aqui, na companhia da dona Marly, está tudo bem, Jana. O que eu não quero é que invente de ir pra São Paulo – disse, beijando-a de leve, enquanto a deixava na porta do colégio.

O sinal já havia tocado e Jana foi tomada pelo pânico ao perceber que não daria tempo de falar com Ivan antes das aulas. Há três dias ele não a esperava na saída. Na véspera o procurara no recreio, mas ele tinha ficado trancado no laboratório. Estava evitando-a, era claro. Em julho não se encontraram, pois ele passara as férias na fazenda dos tios no Paraná. Desde que as aulas recomeçaram, e isso já fazia uma semana, só haviam saído juntos uma única vez. Quando ligava para a casa de Ivan, à tarde, era sempre João quem atendia o telefone, respondendo que o irmão estava no treino de vôlei, ou no clube, ou na casa dos primos, ou no inglês.

Num impulso, Jana subiu correndo as escadas da ala oposta à da sua classe, onde funcionava o colegial, e foi até a sala do segundo ano. Sentiu-se tão tonta com o esforço que pediu aos céus para não cair ali mesmo, na frente do grupinho que esperava o professor na porta da sala, entre eles Ivan.

– Vamos sair hoje, depois do almoço? – propôs, envergonhada de falar na frente dos colegas dele.

Ivan coçou a cabeça, sem graça.

– Oi, Jana. Hoje? Deixa eu ver. Que dia é hoje? Terça-feira? Hoje não vai dar, tenho aula de inglês.

– Ivan, por favor, preciso falar com você. É urgente – suplicou, o desespero se tornando maior que o pudor.

Os rapazes riram e bateram nas costas dele, caçoando.

– Aí, Ivan, vai nessa, cara...

Ele deu uma risadinha amarela.

– Tá, então tá bom. Eu falto no inglês. Na praça, tudo bem? Às duas horas.

Jana desceu de volta as escadas, atravessou o pátio vazio e entrou na classe do nono ano do outro lado, no térreo. A aula tinha acabado de começar. O professor de ciências apontava para um cartaz do corpo humano sobre o quadro-negro e explicava o aparelho reprodutor. O pessoal se entreolhava, cochichando e rindo baixinho. Jana procurou um lugar no fundo, ao lado de Talita. A amiga se espantou com o ar de desalento do seu rosto.

– Aconteceu alguma coisa? Tudo bem com você? – murmurou, intrigada.

Ela fez que sim com a cabeça, mas seu desassossego era tal que, quinze minutos depois, pediu licença para sair. Sentia umas ligeiras pontadas na barriga e, contra todas as evidências, fechou-se uma vez mais no banheiro, esperançosa.

– É cólica, Jana? Quer um comprimido? – Talita tinha vindo atrás dela e estava ali na sua frente, olhando-a muito preocupada.

– Não, só um mal-estar. Acho que comi alguma coisa estragada. Já vai passar. – Controlava-se na frente da amiga para não chorar.

"Devo estar nervosa, é isso. Toda vez que fico nervosa, acontece", tentava se convencer, de volta na classe, pensando com fé no chá que Lurdes lhe dera há três dias e olhando sem ver o quadro-negro, onde o professor desenhara um útero e duas trompas e estava mostrando o caminho dos espermatozoides até a concepção.

Na hora do recreio sentia-se melhor e tomou uma vitamina de abacate junto com as amigas. Cláudia, como sempre, dominava a rodinha, contando mais uma vez com quantos garotos diferentes tinha *ficado* nas suas férias no Guarujá.

— Esse negócio de *ficar* não tá com nada — disse Aline, com seu jeitinho tímido e bem-comportado. — Você beija e abraça e, no outro dia, o menino nem olha pra sua cara.

— E daí? Eu também não olho pra cara dele. — Cláudia sacudiu a longa cabeleira, tentando inutilmente colocar as mãos nos bolsos do *jeans* justíssimo.

— Se fosse aqui, você ficava malfalada — continuou Aline, que, como todas sabiam, não tinha ordem dos pais para ir sozinha nem até a esquina.

— É, menino aqui de Rio Largo nem bem *fica* e já sai contando pra todo mundo — concordou Rita.

— E dizendo que fez muito mais do que fez — completou Juliana.

— Claro, com a cabeça ruim que eles têm! No Guarujá é diferente. Eles são de São Paulo; lá todo mundo *fica* e não tem nada demais — Cláudia se defendeu.

– Pra mim, beijar tem que ser por amor, namoro mesmo, como a Jana – Talita entrou na conversa, olhando de longe Frederico e pensando se um dia ele ia gostar dela tanto quanto ela gostava dele.

– Mas não é todo dia que aparece um gato que nem o Ivan a fim de namorar sério, não é, Jana? – Riram todas, e Jana se afastou com o pretexto de jogar o copo vazio no lixo, pois aquela conversa a estava incomodando. De repente, sentia-se uma estrangeira ali entre elas, como se pertencesse a um outro planeta.

Trombou com João na frente do cesto e o viu afastar-se, constrangido. Normalmente ele e os outros garotos da classe passavam o intervalo conversando com as meninas, mas agora elas haviam se afastado para um canto, para comentar mais à vontade a aula de ciências.

– Ele falou e falou, mas não disse nada sobre pílula – reclamou Juliana.

– A minha prima diz que pílula deixa a mulher fria e estéril – Jana ouviu Rita dizer, quando se aproximou.

– Deixa nada – interveio Cláudia, com ares de sabichona. – O problema é que engorda e dá dor de cabeça.

– Como é que você sabe? Já experimentou, por acaso? – todas provocaram, rindo.

– Que nada, só passo no cabelo, pra crescer mais depressa. – Apesar da negativa, Cláudia falava num tom propositadamente ambíguo, para as colegas ficarem na dúvida sobre se ela já usara pílula ou não.

– Que cresce, cresce mesmo – concordou Talita. – Também já misturei no xampu e funcionou. Você também, não é, Jana?

Jana fez que sim discretamente, e Cláudia continuou explicando, didática:

– O caso é que, se você toma pílula, todo mundo fica sabendo que você transa, porque o seu corpo fica diferente.

– Diferente como? – perguntou Aline, assombrada. Mas Jana não pôde ouvir a resposta, porque naquele instante o sinal bateu e Talita a puxou pelo braço, correndo na frente das outras. No caminho até a classe, ainda escutou de longe um fragmento de conversa.

– Melhor é DIU, você não leu na revista? – Juliana perguntou a Cláudia.

– DIU dá câncer. A minha tia teve – comentou Rita.

– E a minha engravidou com DIU e tudo – disse Aline.

Depois das aulas, Jana correu para casa almoçar. Laís a viu comer com surpreendente apetite e concluiu que, por mais que se esforçasse, jamais entenderia os adolescentes. Como sua filha podia mudar tanto, o tempo todo? Num mesmo dia inapetente e faminta; numa hora louca de alegria e em outra morta de tristeza; tendo um acesso de indignação e daí a pouco sendo um prodígio de doçura; fechando-se no quarto sem querer ver ninguém e depois falando pelos cotovelos, de bem com o mundo, sorridente. "Comigo não tinha nada disso; os pais não perdiam tempo tentando entender os filhos antigamente", refletiu consigo mesma, enquanto Jana saía apressada, dizendo que ia para o balé.

— Tão cedo, filha?

— É, vou mais cedo hoje, mãe. Tchau. — Escapuliu o mais rápido que pôde, antes que fosse obrigada a dar explicações.

Na rua, sozinha, sentindo o sol da tarde pesando como um fardo sobre sua cabeça, teve medo de desmaiar. O dia tinha esquentado bastante, e Jana apoiou-se por uns instantes no muro de uma casa, até a tontura passar. Caminhou vinte minutos tentando livrar-se dos pontinhos multicoloridos que dançavam diante das suas pupilas, cegando-a; mas, só depois, com o vento da moto, pôde se equilibrar. Ivan a esperava no lugar combinado e rumaram para fora da cidade sem dizer uma palavra. Abraçada à cintura dele foi se acalmando e, enquanto via passar os canaviais, lembrou-se do estranho sonho que vinha tendo há várias semanas. Uma romã madura rebentando a casca e lançando fora suas sementes, que iam sujar a camisa imaculadamente branca do seu pai. Ele olhava espantadíssimo para a árvore e tentava limpar a mancha com as mãos, sem se alterar.

Pensar em fruta, e ainda mais em romã, foi deprimindo Jana, porque lhe trazia à memória a romãzeira em que cantava o rouxinol quando Julieta queria acreditar que ainda era noite, e não dia, como Romeu dizia, e também porque lhe recordava as palavras da cigana, de modo que, quando chegaram ao alto da colina e Ivan parou a moto, chorava como uma criança.

Ele a abraçou, desconcertado, sem conseguir disfarçar uma certa irritação.

– Afinal, o que é que está acontecendo, Jana? Será que você pode me explicar?

Ela escondeu a cabeça no seu peito e as lágrimas emparam-lhe completamente a camiseta. Por fim, entre um soluço e outro, com medo de ouvir a própria voz, balbuciou:

– Você está fugindo de mim, Ivan... Ivan, não veio ainda... Faz mais de dois meses... Tomei o chá que a Lurdes deu e não adiantou nada... Acho que estou grávida, só pode ser isso... Ivan, Ivan, o que nós vamos fazer?...

Na planície, ao pé da elevação em que se encontravam, o rio fazia uma curva suave, arrastando lentamente suas águas cor-de-ferrugem por entre o verde de vários tons. Era uma paisagem levemente ondulada, diferente da planura absoluta de outras partes do estado. No passado, os cafezais cobriram essas encostas a perder de vista, mas, quando Jana e Ivan as conheceram, há muito o café não era mais a principal riqueza da região. Agora a cana-de--açúcar ocupava quase todo o solo, intercalada aqui e ali por uns poucos cafezais remanescentes e outras culturas menores. A terra-roxa — que na verdade tinha um tom avermelhado —, exposta num ou noutro ponto à espera do plantio, sobressaía entre o verde como um bolo recheado por diferentes camadas.

Ivan sempre amara essa paisagem. De onde estavam podiam ver o asfalto, ao longe, e, mais longe ainda, a silhueta da cidade, acompanhando a sinuosidade discreta dos morros. Menos de cem anos atrás, ela era apenas um povoado afundado no vale, com uma pequena estação de trem que servia às fazendas de café. Mas, com o passar do tempo, foi subindo as encostas, se espalhando pelas vizinhanças, ganhando ruas largas, casas bonitas, praças, clubes e uma universidade. Mais recentemente, até um *shopping center*, para atender a classe média abastada que crescia na esteira da indústria nascente e de empreendimentos de porte médio. Isso sem falar no açúcar e no álcool, as maiores fontes de divisas do município.

Rio Largo era uma cidade onde havia grandes fortunas, sem mendigos pelas ruas nem assaltantes em suas calçadas. Quente como todo o interior de São Paulo, era no entanto visitada por ventos fortes, sobretudo nos meses de inverno, que varriam suas ladeiras e faziam tremular as janelas das casas. De julho a setembro, era preciso calçar as vidraças dos quartos com pedaços de papelão, sob pena de não se dormir à noite com o assovio cortante e fino. Mas o outro dia amanhecia sempre azul e ensolarado.

Um bom lugar, enfim, para se viver. E, se bem que os mais jovens se queixassem dos filmes atrasados que passavam nos cinemas, dos poucos barzinhos, das duas danceterias antiquadas e de um único teatro com espetáculos bastante esporádicos, os mais velhos não se ressentiam da falta de bons restaurantes, porque todos dispunham de tempo para comer em casa. Em Rio Largo as pessoas ainda se cumprimentavam na rua e sabiam tudo da vida umas das outras, presente e passada. Frequentavam os mesmos clubes, os mesmos bailes, as mesmas missas, as mesmas festas filantrópicas, faziam suas filhas debutar de vestido branco, apreciavam solenidades de formatura e, pelo menos as mais abastadas, mandavam seus filhos passar férias nos Estados Unidos e Europa.

Do alto do morro em que estavam, Ivan podia ver a estrada deserta. Dentro de pouco tempo, porém, quando começasse a época da safra, ela seria cortada dia e noite por veículos imensos, transportando toneladas de cana para as usinas próximas. Um cheiro acre de caldo fermentado tomaria então conta dos campos, como um elemento a mais na paisagem. Ivan sempre atrelou o seu destino a esse horizonte verde, como engenheiro agrônomo que pretendia ser um dia, contrariando os desejos do pai, que o sonhava herdeiro do seu consultório dentário.

Ao ouvir as palavras de Jana, teve necessidade de inundar a vista com a familiaridade das imagens, para certificar-se de que pelo menos o mundo à sua volta ainda era o mesmo, de que não havia sonhado. Em seguida, como se tivesse sido picado por uma cobra, afastou-se dela abruptamente e foi sentar-se no chão, com a cabeça entre as mãos, na sombra das árvores onde tantas vezes tinham estado.

Sua primeira reação foi de incredulidade e espanto; depois de raiva.

– Grávida? Como assim, grávida? Não pode ser; é impossível! – Encarava-a atônito, sem atinar com a sua participação no que lhe contava a namorada. – Jana, você está brincando comigo? No outro dia não disse que era só um atraso normal, que já tinha acontecido antes? Que história é essa de agora vir dizer que está grávida? – Dava murros no ar, sem se comover com os soluços dela, agora ainda mais altos.

– É por isso que você está fazendo tudo pra não me ver, não é, Ivan? Não aparece mais, vive ocupado... Desde que eu falei aquilo, só manda recado pelo João. Pensa que eu sou boba? – E, encarando-o furiosa, no meio das lágrimas: – Foi você quem quis, lembra? Eu não tenho culpa de nada!...

Reconhecendo uma certa dose de verdade no que ela dizia, Ivan respirou fundo, fez uma longa pausa e, quando falou de novo, foi em outro tom.

– Mas eu não entendo – disse, tentando se acalmar. Afagou de leve os cabelos de Jana. Aos poucos, ela foi parando de chorar. – Foram tão poucas vezes, e você disse que ia tomar pílula. Como pode ser?

– Cinco; eu contei... – falava de cabeça baixa, encabulada. – E eu tomei mesmo, mas só depois, não na primeira. – Levantou os olhos, evocando uma lembrança que sabia que ele nunca iria esquecer. – Também, nem podia... Foi tão sem pensar, tão de repente... – suspirou. – Mas eu achei que ninguém ficava grávida tão nova, e ainda por cima na primeira vez...

Ficaram em silêncio, porque ambos estavam escutando a música que a orquestra tocava no aniversário de quinze anos de Talita e sentindo o perfume da dama-da-noite no jardim.

– Foi em maio, não foi, Jana? – Ivan a puxou para si.

– Dia vinte e seis. – Ela recostou a cabeça no ombro de Ivan, recordando.

Tinham brigado uma semana antes e ficado separados todos esses dias, porque Ivan estava farto de ser trocado por Romeu. Os ensaios ocupavam agora muito mais tempo de Jana e não tinham hora para se ver.

– Você *ficou* com a Marinês ontem. Aquela assanhada da sua classe; me contaram. – Jana o acusara fazendo beicinho, num esforço enorme para não chorar. – Ela por acaso é melhor do que eu?

Ivan viu-a tão radiosa no seu vestido branco de baile, recortada pela claridade da lua contra os hibiscos do jardim, que não resistiu. Foi até a cerca-viva, arrancou uma flor vermelha e a prendeu na sua cintura.

– Você está linda, Julieta! – Apertou-a nos braços e fizeram as pazes ali mesmo, dançando sob o céu estrelado, longe dos outros. A festa continuava lá dentro, tão distante como se fosse em outro mundo. – Pouco me importa a Marinês. Eu só gosto de você.

A tepidez da noite os envolveu e ninguém viu quando se perderam nas sombras, até se encontrarem diante da casinha de bonecas, do tempo em que Talita era pequena, escondida entre as folhagens do jardim. No meio das luzes, da música, dos garçons e do champanha, ninguém soube que afastaram a porta e ela cedeu suavemente, e entraram encolhidos, rindo porque sua altura não era maior que a de uma criança, e que ali, entre as bonecas com que tantas vezes brincara, Jana ainda sentiu passar diante dos seus olhos uma ideia, uma frase, vislumbrou-a: *Este botão de amor que floresce agora será uma linda flor na outra vez que nos virmos.* Mas só pensou, não disse nada, porque quando voltou a si era outro trecho de Shakespeare que lhe vinha à lembrança, *com vosso pecado meus lábios ficaram,* enquanto verificava surpresa que a flor que Ivan lhe dera tingira de vermelho o seu vestido e supunha ouvi-lo dizer baixinho, zonzo de felicidade: *Oh abençoada noite, temo que seja um sonho, é bom demais para ser realidade.*

Se existisse um frei Lourenço por perto, teriam se casado ali, naquela hora, com certeza. Mas, quando se encontraram novamente, dois dias mais tarde, eram só dois jovens assustados com a intensidade das sensações recém-descobertas, orgulhosos e ao mesmo tempo temerosos do que fazer com elas.

– Meu pai pensa que isso já aconteceu há muito tempo – Ivan a abraçava nas almofadas do seu quarto, nas horas mortas da tarde, quando a casa estava deserta, depois de convencer João a ir dar uma volta. – Não com você, lógico. Com aquelas mulheres, lá onde os meus primos vão. Há mais de um ano que ele disse pra eu me cuidar, e me deu uma caixa de...

– E você foi? – Jana interrompeu-o, curiosa e com ciúme.

– Só uma vez. Mas não tive coragem. Fiquei com nojo. Meus primos caçoaram, me chamaram de veado – riu da lembrança, recordando outra ainda mais antiga. – Quando eu era moleque e a gente fazia umas brincadeiras, sabe, de menino, eu me comparava com eles e pensava que era... defeituoso...

– Defeituoso por quê?

– Me operaram de fimose quando eu era pequenininho. Sabe o que é, não sabe? Fica diferente... Só que eu não sabia. O meu pai e a minha mãe nunca falaram nada sobre isso. Fui descobrir com doze anos, quando o João teve de fazer a mesma operação; só que ele já era grande. Aí fiquei sabendo que não tinha nada de errado, que era só isso – afundou a cabeça no pescoço de Jana, aspirando o seu perfume.

Ela tentava interrompê-lo para expor timidamente as suas dúvidas.

– Ivan...

– Hum...

– Você ainda tem aí...

– O quê?...

– A caixinha...

– Que caixinha?

– A que o seu pai te deu...

– Ah, Jana, perde a graça...

– Ivan...

– Hum...

– Então... É melhor eu tomar pílula... Senão, tem perigo...

– Hum...

– Não acha?..

– Eu sei fazer as coisas direito... Não se preocupe...

– Como assim?..

– Você vai ver, não se preocupe...

– Eu tenho pílula lá em casa... Pra passar no cabelo... Vou tomar hoje à noite...

– Hum... Jana... Você me deixa louco... Para de se preocupar... Vem cá, vem...

– Ivan...

– O que é agora?

– Eu te amo, Ivan...

– Quer dizer que você não tomou a pílula naquele dia? – Ivan recordava perfeitamente aquele diálogo. Pôs-se de pé e, apoiado na moto, olhava-a, intrigado.

– Tomei, e nas outras vezes também, mas depois vi na revista... Acho que tomei errado. Devia ter usado desde o começo, todos os dias. Eu até pensei em ir ao médico para ele receitar direito, mas de que jeito? Eu só conheço o médico da minha mãe, e nem dinheiro para consulta eu tinha... – As lágrimas voltavam com novo ímpeto, abundantes. – Ivan, o meu pai vai me matar!

Chorou desolada por alguns minutos, e depois levantou a cabeça, resoluta.

– Só vejo um jeito...

Mas antes de completar o que estava pensando, na tia Lígia lá de São Paulo, que tinha a cabeça aberta e não ia se recusar a arrumar dinheiro e a encontrar alguém para...

– Tirar? – Ivan cortou seu pensamento. – De jeito nenhum. Nós vamos casar.

Jana olhou-o boquiaberta, as lágrimas escorrendo, dividida entre o espanto, o medo, a esperança e a alegria.

– Casar? E viver do quê? – perguntou por fim.

– Sei lá, os pais da gente ajudam. Dão mesada. Não lembra da prima da Talita, aquela que mudou para São Paulo, para o namorado, quer dizer, o marido fazer a faculdade lá? Então. Eles até já têm um outro nenê.

Jana olhava-o pensativa, visualizando uma casinha com um jardim na frente, onde seriam muito felizes. A imagem teve o poder de fazer as lágrimas secarem de vez.

– Você acha que os seus pais vão concordar?

Ivan sacudiu os ombros, como quem diz: "E têm outra escolha? Fazer o quê?".

Agora Jana já se animava a fazer planos.

– Podia ser no dia do meu aniversário de quinze anos, em outubro. Tudo bem? Até lá você já vai ter dezessete.

Ele deu risada.

– Antes. Até lá você já vai estar muito barrigudinha. Todo mundo ia reparar. – Abraçou-a com carinho e acariciou-lhe a barriga. – Vai ser menino, e vai ser muito meu amigão.

De repente Jana ficou séria de novo.

– E o balé? Será que eu vou poder dançar, mesmo grávida? A dona Marly deu aula até os nove meses – lembrou.

– Mas aula é diferente, não é, Jana? – Ivan falava como se explicasse as coisas a uma criancinha. – Já pensou que vexame, Julieta com um enorme barrigão?

Mas ela estava tão aturdida que, naquela hora, afastou para segundo plano seus receios em relação ao balé. Sentia-se segura e amparada. O dia, que começara mal, acabava bem. Agora, tudo se resumia à batalha a travar em casa, com os pais, mas estava certa de acabar dobrando-os, já que contava com o apoio de Ivan. Como se lesse seus pensamentos, ele soprou-lhe no ouvido, ao ligar de novo a moto para voltarem, já ao entardecer:

– Eles vão brigar à beça com a gente, mas aguenta firme, tá? Nosso nenê vai ter tudo, eu garanto. Meu pai, pelo menos, por mais que grite, não vai querer saber de um neto seu jogado por aí. Conheço ele muito bem.

Jana sacudiu a cabeça, preocupada.

– O meu, eu não sei...

TAMBÉM ACONTECE COMIGO

– Grávida! A minha filha está grávida!... Ela está grávida, Lurdes, a minha menininha, a nossa menininha, porque você também é um pouco mãe dela, às vezes eu acho que até mais do que eu... Pois ela está grávida, Lurdes, ela mesma confirmou! Eu bem que andava desconfiada, essa palidez, esses enjoos, esse ar de sonsa, hoje ela não foi ao balé e me telefonaram, o que aconteceu com a Jana, perguntaram, faltou ao ensaio, imagine, ela que sempre foi louca pelo balé... E eu aqui feito uma boba sem saber de nada! Ela mentiu pra mim, Lurdes, nos enganou a todos! Você viu com seus próprios olhos o estado em que ficou o Júlio, bateu a porta e saiu sem dizer uma palavra, não quis falar comigo nem com ela, não ligou a mínima para o estado em que eu também fiquei. Grávida, Lurdes, grávida, e ainda nem fez quinze anos! Lurdes, Lurdes, o que vai ser de nós agora? Acho que eu vou morrer...

– Tome este chá de erva-cidreira, dona Laís. Por favor, tome, se acalme, não fique desse jeito, pelo amor de Deus... – Lurdes chorava tanto quanto a patroa. Seu corpo enorme sacudia com os soluços, enquanto ela puxava o avental para enxugar as lágrimas, ao mesmo tempo em que lhe estendia a xícara de chá.

Laís tinha desabado sobre a mesa da cozinha e ficou ali inerte, Jana fechada no seu quarto, Lurdes deixando a louça do jantar de lado, esquecendo os pratos, sentando junto da patroa, cúmplice na sua dor. Esperou Laís levar a xícara aos lábios e se dispôs a ouvi-la destilar a mágoa gota a gota:

– Sempre confiei na educação que dei à minha filha, Lurdes, sempre conversei com ela. Ensinei-lhe tudo que eu mesma não sabia, eu que me casei ignorante dessas coisas. Tive de aprender depois, sozinha. No meu tempo não se falava nada disso com as meninas, com a minha filha vai ser diferente, pensei, e o que foi que eu ganhei? Dei-lhe liberdade demais, quem sabe. Hoje em dia não há mais limite entre o que é certo e o que é errado, misturam-se o sim, o não, o posso, o não posso, o talvez. Pensa que eu não sabia que ela andava por aí na garupa dessa moto? Eu sabia sim, quer dizer, eu desconfiava. Se fingia que não via, é porque o Júlio é muito rigoroso. Que perigo pode haver nisso? Foi o que pensei. Essa menina já nasceu rebelde, sempre teve ideias próprias, ela não se curva, você viu com a história do balé como ela sempre foi. Obstinada como a tia, puxou à Lígia, à minha irmã. No fundo eu sempre soube que ela não nos pertencia, que mais dia menos dia sairia pelo mundo afora feito a Lígia e, pra dizer a verdade, até sentia um certo orgulho, minha filha não ia ser só uma dona de casa como eu. Ainda em julho, lá em São Paulo, eu pensava nisso. Reparava como as duas se parecem. A Jana pouco se importou com o vestido de debutante para a festa. Que festa agora, depois de tudo isso? É o que pergunto eu. Feito na melhor modista de São Paulo, Lurdes, foi lá que eu o encomendei! A Jana acha tudo isso uma bobagem, você tinha de ver a cara de mártir dela ao experimentar a roupa, tão linda e vaporosa, você tinha que ver! Agora estou ligando os fatos: ela já devia saber que estava grávida, por isso evitava a mim e a Lígia, de quem ela gosta tanto, Lurdes! E o pai que sonhava um dia conduzi-la à igreja, de vestido branco, com enxoval bordado, monograma e tudo, não importava o preço, isso ele não media, Lurdes.

Lurdes, onde foi que eu falhei? O que vai ser agora dessa criança grávida? Casar com quinze anos? Ser mãe solteira aqui nesta cidade, todos lhe virando as costas pela rua, a vida dela interrompida nessa idade? Abortar? Eu juro que não sei qual é a solução mais acertada, a menos ruim, não sei mesmo, Lurdes, eu não sei...

— Deus há de iluminar a senhora, dona Laís. Deus há de iluminar a Jana, e o seu Júlio também. — Lurdes apenas se persignava; não sabia o que dizer.

Mais aliviada depois do desabafo, Laís subiu as escadas para ver a filha e encontrou-a de bruços sobre a cama, com o rosto inchado de tanto chorar. Como em todos os momentos difíceis da sua vida, prevaleceu por fim o seu espírito prático: passado o primeiro impacto, a fase do sentimentalismo, via-se agora diante de um problema concreto que tinha de resolver. Lançou um olhar às prateleiras cheias de bonecas e bichinhos de pelúcia, avaliou a dimensão real do corpo da menina ali jogado, pouco mais de um metro e meio de absoluto desamparo, e sentiu pena, chegou a se comover. Mas, em seguida, deu com a pilha de revistas na estante ao lado e foi tomada pela fúria de um vulcão. Agora, sentia vontade de bater-lhe muito, enchê-la com as palmadas que não lhe deu na infância, as mãos queimando como o sangue nas veias.

— Você pode me dizer o que tanto leu nessa droga de revista? Não aprendeu nada? Não adiantou eu fazer a assinatura pra você, há quase dois anos? — No auge da raiva, Laís ia atirando os exemplares no chão. Era uma revista para adolescentes que, entre outros assuntos, tratava de sexualidade e anticoncepção. – Não está escrito aí que os bebês nascem da cegonha, está, Jana? Você sabia tudo muito direitinho! O que foi que eu lhe disse na primeira vez que menstruou?

"Agora você já é uma mocinha, filha. Parabéns. Mas cuidado, isso significa que pode engravidar também", Jana lembrava muito bem.

Na época, um ano e meio antes, a recomendação lhe soou despropositada, não lhe disse absolutamente nada; o único sentimento que lhe veio foi de alívio, "agora já sou igual às minhas amigas", porque foi a última de todas que menstruou. Seu corpo miúdo, apesar de bem-proporcionado, parecia que nunca iria se desenvolver. Aos doze anos, ainda tinha jeito de criança. Era tão pequena e baixinha que Laís se preocupou. Levou-a ao médico, que pediu vários exames para avaliar-lhe o crescimento: radiografia do pulso, dosagem de hormônios, para concluir depois que nada havia de errado. "Muito exercício físico é o que essa menina precisa, dona Laís, e comer bem; no mais, é tudo uma questão de tempo, ninguém na família é mesmo muito alto. Ela não tem a quem puxar."

Mas, perto dos treze anos, a própria Jana, que a princípio não se importava com o seu pouco tamanho, começou a se ressentir disso quando as colegas, já muito mais altas e com o corpo formado, caçoavam dela e os garotos não a tiravam para dançar. "Quando este casaco ficar pequeno pra mim, eu corto a manga, dou um nó na ponta e você usa como *sleeping*, Jana", brincava um. "Quer emprestar seu tênis pra me servir de chaveiro?", provocava outro. O próprio Ivan, que ela amara de longe desde os doze anos, quando ia estudar com João, riu quando seu irmão lhe disse que Jana gostava dele, do alto do seu um metro e setenta de altura aos quinze anos. "Como? Aquela pivetinha? Mas que idade ela tem? Treze? Não pode ser!"

Por isso, quando, pouco tempo depois, seus quadris começaram a se arredondar e dois botões de seios apareceram diante do espelho, despediu-se com alegria do seu corpo infantil e passava horas penteando-se e despenteando-se, experimentando batons, fazendo poses, testando sapatos de salto, feliz porque agora já era observada de outra forma pelos meninos. Até Ivan, que a encontrou de maiô na piscina do clube, não pôde dissimular a admiração e o interesse.

Mesmo assim, Jana não cresceu muito. Tinha agora um metro e cinquenta e cinco de altura. Laís olhava desolada para a silhueta da filha e insistia na pergunta, pensando consigo mesma como aquele corpo de menina, ainda malformado, poderia suportar por nove meses o peso de um bebê.

– Está surda, Jana? Não lembra do que eu lhe disse quando menstruou?

Jana pensou numa explicação para dar à mãe, mas nenhuma lhe ocorria. Por mais que se esforçasse, não era capaz de vincular as informações que recebera, frias e precisas como são as coisas da ciência, com o calor desordenado que a consumira naquela noite no jardim, quando Ivan a chamou de Julieta. Contra toda a lógica, foi sincera quando respondeu:

— Pensei que isso nunca fosse acontecer comigo... Mãe, eu não sei...

— Não sabe, não sabe! Sabe ao menos a data da sua última menstruação?

Jana lembrou que só dera conta do atraso aí por meados de julho, quando faltou pela segunda vez. No início, estava tão despreocupada que chegou a achar uma vantagem a ausência das regras, porque podia dançar mais à vontade nas aulas de balé. Mas intuiu que se dissesse isso à mãe levaria uns tapas, por isso ficou em silêncio.

— Amanhã você vai comigo ao doutor Tomasino — decidiu Laís. — É a primeira coisa que vamos fazer.

O médico devia ter uns setenta anos de idade. Era o mais antigo e respeitado da cidade e já trouxera ao mundo várias gerações. Jana, inclusive, nascera sob os seus cuidados, mas só lembrava de tê-lo visto uma única vez, justamente quando, aos treze anos, ainda não lhe viera a menstruação. Nesse dia conversaram formalmente — o médico atrás da escrivaninha, Jana e a mãe nas poltronas em frente —, e saíram do consultório aliviadas porque ele garantiu que não era caso para preocupação. "Até os quinze, e mesmo dezesseis anos, é normal, pode atrasar", ele havia dito. "Mas por certo virá muito antes disso, dentro de alguns meses, no máximo." E acertou.

Agora ele a fez entrar em uma outra sala, deitar numa cama estranha, que ela nunca tinha visto, com suportes para colocar as pernas, e examinou-a com atenção. Jana estava envergonhada, mas nem ousou manifestar seu desconforto, porque os olhos do doutor Tomasino eram um poço de trevas quando ele repetiu a pergunta da mãe:

— Quando foi a última vez que você menstruou?

— Em maio — respondeu baixinho.

— Que dia?

— Dezesseis.

— Sem sombra de dúvida, uma gravidez de quase três meses — o médico voltava-se para Laís, em pé ao lado da filha, sem dar a menor atenção a Jana. — Se quiser fazer o exame de urina para confirmar, faça, mas só por desencargo de consciência. Não há a menor chance de dar negativo.

Não há a menor chance... Não há a menor chance... Deitada no seu quarto, segurando o papel em que estava escrito "positivo", Jana escutava fragmentos da conversa dos pais no quarto ao lado, mas só conseguia decifrar alguns sons.

— A culpada é você, sempre acobertando essa menina — acusava Júlio.

— E você, que é o pai, onde estava esse tempo todo? — Laís chorava, sentada na borda da cama.

Abriu a porta devagarzinho, porque não aguentava mais ficar à margem dessas discussões que lhe diziam respeito, e enfrentou o pai com uma intervenção conciliadora, dizendo em tom suplicante:

— Mas pai, nós vamos casar! É só você concordar em ajudar!

Júlio encarou a filha por um instante eterno. Antes mesmo que dissesse qualquer coisa, Jana adivinhou em seu olhar os passos que ele dera naquela tarde; o difícil telefonema, a subida, degrau por degrau, até o consultório do pai de Ivan, o confronto dos dois, a humilhação de seu pai, o que vamos fazer agora, doutor Ivan? O senhor deve estar sabendo do que houve com os nossos filhos. São duas crianças desmioladas, não têm nada dentro da cabeça, mas temos que ajudá-los, eles só têm a nós e a cidade é pequena, o senhor sabe, vai ser um falatório; e a descida escada abaixo com a honra ferida, sua posição de destaque na cidade achincalhada, o ar de desalento, a cabeça caída, dez quilos a mais em cada ombro...

— Não vai haver casamento, Jana. O Ivan vai para os Estados Unidos, morar com a tia. — O tom, que pretendia ser enraivecido, acabou saindo mortificado.

Seriam as últimas palavras que dirigiria à filha em muito tempo, antes de carregá-la no colo, quando ela tombou no chão.

O médico estacionou o carro na entrada da clínica e entrou. Pela aparência da casa, um sobradinho modesto, com o jardim transformado em estacionamento para três carros, numa ladeira do bairro de Perdizes, em São Paulo, ninguém diria que sua conta bancária era das mais opulentas. Não havia qualquer placa na fachada. Os moradores que circulavam pelas redondezas, carregando sacolas e empurrando carrinhos na volta da feira, respirando a frescura da primavera que se anunciava nas árvores frondosas das calçadas, flamboiãs, tipuanas, jacarandás ameaçando florir e guapuruvus imensos esboçando brotos amarelos, podiam facilmente acreditar que também ali vivia uma família de classe média, como tantas da vizinhança.

Deparou na sala de espera com duas mulheres jovens, com o semblante anuviado, e uma menina de aspecto assombrado, cujo rosto não combinava em nada com o frescor do dia lá fora. Convidou-as a entrar na sala de consulta. A mais nova das duas mulheres se apresentou.

– Sou Lígia, paciente do doutor Mário, que nos recomendou o senhor. Estas são minha sobrinha e minha irmã.

Aos olhos da moça não passou despercebido nenhum detalhe; da limpeza do lugar ao olhar direto do médico, sua roupa correta e seus cabelos começando a branquear nas têmporas; da mobília discreta ao quadro atrás da mesa onde se lia:

"O médico deve ser capaz de dizer os antecedentes, conhecer o presente e prever o futuro de uma moléstia". Hipócrates, *Primeiro livro das epidemias*, Aforismo número 11.

Respirou aliviada. O preço podia ser bem mais alto, mas, pelo menos ali, a sobrinha não estaria exposta aos perigos e vexames de outros lugares do gênero.

Lembrava-se da vez que acompanhara uma amiga numa situação semelhante e ainda sentia um calafrio. Era uma conhecida casa no bairro de Pinheiros, escondida atrás de um portão de ferro, com interfone, onde era preciso identificar-se. Um homem enorme, de óculos escuros, conferia o nome das pessoas numa lista, para certificar-se de que haviam telefonado antes. Tinha a aparência de um leão de chácara. Dentro, num enorme salão, onde dezenas de mulheres expunham publicamente seu constrangimento, segurando aflitas as mãos das mães, amigas ou namorados, nos olhares o pânico de quem se sabe desafiando a lei, já não bastasse a vida, tinha início um ritual macabro. Tiravam-lhes as roupas e, vestidas apenas com um camisolão, aguardavam sua vez numa fila interminável, que rapidamente ia sendo tragada por cinco salinhas ao longo de um corredor e realimentada ininterruptamente, o fluxo engrossado outra vez por novas participantes: colegiais que ainda há pouco chegaram de uniforme, mulheres de todas as idades, em comum o mesmo olhar perdido e assustado.

Quando pôde ver de novo a amiga, ela repousava anestesiada num cubículo no pavimento inferior, uma espécie de porão, e logo abriu os olhos, recebendo da enfermeira um sedativo, um copo d'água e uma bolacha. Lígia consultou o relógio: tinham-se passado apenas vinte minutos. A enfermeira recomendou repouso para prevenir hemorragias e foram para casa, mas dois dias depois a amiga se esvaía em sangue e Lígia teve de levá-la às pressas para um hospital. Tal providência lhe salvou a vida, pois na nova curetagem a que foi submetida encontraram um pedaço de feto esquecido nas suas entranhas.

O médico perguntou a idade de Jana, o tempo de gravidez, que moléstias já tivera, se era alérgica a algum tipo de medicamento e, por fim, se já tinha pensado bastante no assunto e estava segura da sua decisão.

A menina custou a entender a que ele se referia, porque sua mente levitava mergulhada num profundo torpor. Desde que seu pai lhe dera aquela terrível notícia, caíra num estado de prostração aguda, do qual emergia vez ou outra, por alguns minutos, para engolir um copo de leite ou umas colheradas de caldo que lhe punham à força na boca. Não fez qualquer comentário sobre o abandono e, nas inúmeras vezes em que a mãe lhe perguntou, aflita, se desejava ou não ter o filho, garantindo que respeitaria a sua decisão, não esboçou reação alguma. Deitada na sua cama, olhava para o vazio. Às vezes seus olhos se detinham nas fantasias enfileiradas dentro do armário, que usara nas apresentações de balé desde criança e guardava como recordação. Outras vezes na cabeceira, onde estava o retrato de Ivan, para em seguida retornarem ao nada. Por fim, Laís a colocou no carro e a trouxe para São Paulo, porque o tempo estava passando e não era possível esperar mais. No apartamento de Lígia, desde a véspera, seu comportamento não mudou.

– Sim... Quero dizer, é isso mesmo... É a única solução... – A mãe e a tia espantaram-se ao ouvir-lhe a voz.

O médico então examinou Jana, solicitou exames de sangue e marcou hora para daí a dois dias. Combinaram o preço, que Lígia negociou com habilidade. Apesar da pouca idade da menina, um fator que, nesse caso, o encarecia, seu médico havia lhe explicado que o colega não era inflexível e costumava mostrar-se sensível às possibilidades de cada um. Laís remexia-se na cadeira, incomodada com o teor da conversa, até que não aguentou mais.

– Doutor – disse. – Me desculpe, mas posso lhe fazer uma pergunta? Eu tenho necessidade de saber.

– Sim? – ele olhou-a interrogativo, concordando prontamente.

– É só por dinheiro que o senhor faz isso? – Ao entregar a filha nas mãos dele, precisava acreditar que havia alguma outra razão.

O médico não deu mostras de ficar surpreso nem ofendido com a dúvida. Sabia que era visto pela sociedade e até por muitos dos colegas como um contraventor. Mas estava convencido de que essa mesma sociedade precisava dele, de modo idêntico ao que a natureza, para manter-se em equilíbrio, precisa de certos peixes e aves de *status* duvidoso, como as piranhas e os urubus.

Os mesmos colegas que, nos congressos, fingiam não conhecê-lo, eram aqueles que tantas vezes recorriam aos seus serviços, mandando-lhe suas próprias pacientes para a intervenção que, por razões morais, se negavam a fazer. Dessa forma, lavavam as mãos. Havia outros, porém, que o respeitavam e se abstinham de comentários desairosos, frequentavam sua casa e seus jantares, sem imolá-lo no banco dos réus. Como uma rede subterrânea de subentendidos e consentimentos, era de senso comum ser preferível entregar suas pacientes nas mãos de alguém de competência indiscutível, como ele, do que deixá-las correr risco de vida numa clínica qualquer. Exceto pelo fato de que lidava com seres humanos, não com bebidas, aparelhos eletrônicos ou moedas estrangeiras, sua posição no meio médico era semelhante àquela ocupada pelos contrabandistas junto à população de alta renda: publicamente, podiam atirar-lhe pedras, mas, na intimidade, não havia quem não se orgulhasse de ter um bom nome na agenda.

Agora, por exemplo, o que faria essa mãe perplexa e envergonhada que o encarava com olhos súplices, pedindo-lhe que com palavras desfizesse seus próprios escrúpulos, nota-se que está atormentada, decerto haveria de ser religiosa, a vida toda condenou o aborto, me diga, o que faria agora se eu me negasse a resolver o seu problema?

Sim, vamos ser sinceros, é um dinheiro fácil que entra e totalmente livre de impostos, mas é verdade também que cansei de trabalhar de graça nesses hospitais do governo, com uma lanterna na mão, tentando iluminar a escuridão. Uma luz que bate e se autoabsorve, jamais carrega a bateria das mulheres, dessas centenas de milhares de miseráveis e desnutridas; você recomenda que se alimentem bem na gravidez e elas riem na sua cara, você receita um remédio e elas te olham como se tivessem ouvido uma barbaridade, "De que jeito, doutor?". Quantas meninas com o mesmo rostinho desta que está aqui na minha frente, eu já atendi? De quantas tive de arrancar o útero com quinze, dezesseis anos, porque já me chegavam podres, cheirando mal, perfurados por agulhas e sondas, até isso eu vi, a infecção subindo-lhes pelas trompas e comprometendo irremediavelmente os órgãos? E digo mais: uma sorte perderem só o útero, de muitas nem a vida pude preservar, já me chegaram agonizantes, vencidas pela infecção letal. Mas no começo eu ainda acreditava, juro, juro que tinha um ideal. Depois cansei. Cansei de fazer vinte e cinco partos por dia, sem anestesia, porque a Previdência não paga, só paga se for cesárea. Cansei de vê-las gritando numa sala comum, doze mulheres juntas tomadas pela histeria, as enfermeiras despreparadas, dizendo-lhes "Força", "Para de gritar", "Na hora de fazer gostou, não é? Então agora aguenta". Muitas entram num processo desesperador de tensão-medo-dor e isso se repete, repete, não têm dilatação, o pré-natal é falho, não lhes ensinam nada sobre a gravidez e o parto, apenas lhes tiram a pressão e o peso, e só para isso ficam o dia inteiro no hospital, esperando na fila. Eu juro que na época em que botei esse quadro aí na parede ainda acreditava. Do tempo da faculdade trazia viva a luz de Hipócrates, mas vejam só que ironia: justamente quando, ao conhecer o presente, aprendi a divisar os contornos do futuro, é que atingi meu limite de desgaste e resolvi cuidar só do meu. Hoje presto serviços de outra forma e podem me chamar de abutre, eu não me importo, se recorrem a mim é porque precisam do que faço muito mais do que eu.

– Senhora – disse, guardando para si os seus motivos e optando por uma explicação menos rude, mas não menos verdadeira. – Eu defendo para a mulher o direito de escolher.

No sábado voltaram, tensas, Lígia esperando lá fora, enquanto Jana entrava com a mãe. Foram levadas para um quarto no andar de cima, onde havia uma cama cirúrgica e, ao lado, uma poltrona, em que Laís se sentou. A auxiliar do médico preparava os instrumentos, e o som que faziam ao bater na bandeja metálica ressoou no silêncio profundo que se instalara entre elas, até que ele abriu a porta e entrou. Laís acompanhava atentamente as menores reações da filha, habituada que estava a decifrar-lhe os sinais, por isso levantou-se num salto quando a sentiu estremecer. Pequena e frágil dentro da enorme bata branca, pareceu-lhe no entanto que Jana saía da prostração em que tinha estado e recuperava um fiapo de consciência no momento em que o médico se curvava para aplicar-lhe a injeção. A inquietação da menina foi tão visível que ele também percebeu. Detendo a seringa no ar, enquanto a enfermeira segurava o soro, disse-lhe com firmeza:

– O que houve? Mudou de ideia? Ainda está em tempo.

Laís se aproximou e viu a filha ali estendida, branca como mármore, tão etérea que quase se evaporava no ar.

Mas seus olhos brilhavam com uma luz nova, decidida, e, no olhar profundo que trocaram, ambas sabiam estar selando um pacto para a vida inteira. Nem teria sido preciso Jana expressá-lo com palavras, dizer-lhe com uma voz fininha, hesitante, perdida:

— Sim... Mãe... Você me ajuda... a ter esse bebê?

Voltar para Rio Largo, enfrentar os mexericos, as amigas, a escola, o pai... Rio Largo sem casamento, a escola sem Ivan, os colegas dele cochichando pelos cantos quando a vissem passar, as amigas pasmas, boquiabertas, solidárias na frente e comentando por trás: "A Jana, nossa, quem ia imaginar!...". Rio Largo sem passeios de moto, sem Romeu fora nem dentro do palco: Jana já caíra na realidade e sabia que teria de abrir mão do papel. Julieta grávida de sete meses, no dia da estreia? Levando um recém-nascido nas turnês? Decerto que não. Talita é quem seria Julieta. Há tempos ela também esperava sua chance e, de qualquer forma, era sua substituta natural, pois desde o começo ensaiava para o caso de haver algum imprevisto, como é de praxe com o papel principal.

Lígia achou que era mudança demais para a sobrinha suportar e propôs-lhe que ficasse com ela em São Paulo, ao menos por uns tempos, mas Laís não permitiu e Jana também não aceitou. Se teria de se defrontar um dia com as reações alheias, era melhor que fosse logo, para ir se acostumando, e, além do mais, em Rio Largo, Laís e Lurdes poderiam lhe dar maior apoio. Lígia morava sozinha e trabalhava o dia todo, tinha sempre muitos amigos em casa e costumava viajar nos fins de semana. Por mais boa vontade que tivesse, sua vida de mulher independente era incompatível com a de uma sobrinha grávida de quinze anos.

Apesar de se acreditar preparada para o que iria enfrentar, Jana estava longe de avaliar os limites da intolerância humana. Logo na primeira semana de aula – quando ainda lutava para recuperar a matéria perdida nos dias em que havia faltado, no meio de cochichos velados toda vez que virava as costas, e de perguntas diretas: "Você é louca, como pôde acontecer?", "O Ivan se mandou mesmo, hein! Quem diria! Nem se despediu de você?", "Você vai continuar estudando?", "Quem vai cuidar do bebê?" –, ficou sabendo que uma comissão de mães encaminhara um pedido à diretoria para que ela fosse desligada da escola. Alegavam o mau exemplo que daria às outras meninas e apelavam para as tradições religiosas do colégio.

Não haviam se dado conta de que os tempos já eram outros. Embora de fato pertencesse a uma congregação de freiras, fazia muito tempo que a escola perdera a rigidez de antigamente. Há alguns anos se tornara mista, tinha a maioria dos professores leigos e pouquíssimas Irmãs ainda davam aulas – apenas aquelas realmente dedicadas ao magistério, educadoras como tantas outras. Nem mesmo usavam mais o hábito. De acordo com a nova orientação da Igreja, o antigo moralismo perdera terreno diante de urgências mais graves da realidade. Assim, quando Laís procurou a diretora para se inteirar dos fatos, ficou sabendo que Jana não seria expulsa. Tudo não passava de um boato.

– Recebi o abaixo-assinado, mas não tomei conhecimento. Essas mães querem ser mais realistas que o rei, dona Laís. A Jana estuda aqui desde pequena e tem todo o direito de continuar conosco – tranquilizou-a.

Mas isso não impediu que se instalasse entre as meninas um certo mal-estar. Divididas entre o que ouviam em casa e a lealdade à amiga, a maioria perdeu a naturalidade, e não foram poucas as que passaram veladamente a evitá-la, deixando-a de fora nos trabalhos em grupo e nas conversas na hora do recreio. Apenas Talita reassegurou-lhe com franqueza sua amizade, tão logo a encontrou.

– Que azar, Jana, que azar! – disse, sinceramente compungida. – Mas olha, eu falei umas poucas e boas para o Ivan... Pra vingar você, que não estava aqui quando ele foi embora, fugido. Isso é papel de homem? Disse isso na cara dele!

– E ele? – perguntou Jana, com um fiozinho de voz.

– Não se defendeu, nem me olhou nos olhos. Estava morto de vergonha! É um fraco, um filhinho de papai, não vale a pena derramar uma lágrima por ele. – E, num tom preocupado: – Você já está melhor, não é, Jana?

Ela fez que sim com a cabeça, tristemente.

– Ele vai ficar muito tempo por lá? – quis saber.

– Sei lá. Acho que até terminar o colegial. Ele está com a tia que mora em Los Angeles. Esquece ele, vai, Jana...

Sentaram-se juntas num banco, no pátio. Talita estava louca para esclarecer um outro assunto.

– Olha, Jana, você sabe que eu vou ser sempre sua amiga, não importa o que essas fofoqueiras digam. Estão falando por aí que eu achei ótimo, porque assim fiquei com o seu lugar no balé. Você não acredita nisso, não é, Jana?... – Seus olhos se encheram de lágrimas. – Nem vou conseguir dançar direito, se você pensar isso de mim...

– Claro que não, Talita, claro que não penso... – Jana sabia que ela estava sendo sincera.

– E, além do mais, nem que eu quisesse, não ia poder tirar o seu lugar – completou. – Não tem ninguém que dance como você, Jana. Todo mundo sabe que você é muito melhor do que eu!... – E, querendo consolar a amiga: – Depois que o nenê nascer você volta a dançar, não volta?

Choraram abraçadas, do mesmo jeito que Jana já tinha chorado nos braços de dona Marly. Estivera na academia, na véspera, e teve que sair de lá às pressas, comovida, porque até seu Antônio, o pianista, caiu no pranto quando ela chegou. Para animá-la, contaram-lhe histórias de bailarinas casadas, mães de vários filhos. Isso é possível, Jana, você volta. Esperamos você. Mas dona Marly permaneceu num canto em silêncio, engasgada de emoção e incapaz de dizer uma palavra. Gostaria de encorajar sua aluna mais querida, mas, por experiência própria, sabia como era difícil para uma bailarina conciliar os dois papéis. Por fim, convidaram-na para ir com eles a São Paulo assistir ao Balé Nacional de Cuba, no Municipal, mas Jana agradeceu e recusou. Era-lhe insuportável estar entre eles, participar das conversas do grupo, se já não podia dançar.

A notícia se espalhou pela cidade com a rapidez do fogo que se alastra num canavial. Nos clubes, nas praças, nos barzinhos, nos cinemas, nas lojas do *shopping*, nas festas, nas casas de família, não se falava de outra coisa. Onde quer que estivesse, Jana se sabia observada, vigiada, comentada, dissecada: era o assunto do dia, o alvo de todas as atenções.

As opiniões divergiam ligeiramente. Alguns chegavam a expressar pena – mais de Laís e Júlio do que dela – e a condenar os pais de Ivan, acusando-os de fugir à responsabilidade.

Mas mesmo esses eram unânimes em concordar que um casamento nessas condições – imagine, mal saíram das fraldas, ela ainda nem fez quinze anos e ele agora completa dezessete – teria redundado num fragoroso fracasso.

A imensa maioria, porém, crucificava abertamente Jana e sobretudo os seus pais: "Onde já se viu não tomarem conta da filha nestes tempos de hoje, em que impera tanta libertinagem? A televisão é essa pouca-vergonha que se vê; por aqui não havia essas coisas antigamente. Parece fim de mundo. As moças não se dão mais ao respeito, e é preciso redobrar os cuidados. Afinal de contas, mulher é mulher e a corda sempre acaba arrebentando do lado mais fraco".

No fundo, em maior ou menor grau, ninguém discordava completamente dos comentários que a mãe de Ivan andara fazendo pela cidade: "Fez isso para agarrar meu filho, agora que se vire. É mulher e devia saber onde estava se metendo. Eu não ia deixar que estragasse o futuro dele. Os pais a criaram com muita liberdade e deu no que deu; não é problema meu".

A única coisa que não se viu, na vasta extensão de Rio Largo, foi alguma alma levantar a hipótese de que também Ivan devesse saber algo sobre os dias férteis da namorada.

Abatido de morte, Júlio se esquivava como podia dos comentários, trancando-se no banco. Passou a ficar o mínimo possível dentro de casa. Saía cedo e voltava à noite, tendo o cuidado de não sentar à mesa com a filha e jamais permanecer no mesmo recinto em que ela estava. Se a via assistindo à televisão na sala, subia imediatamente para o seu quarto. Se ela subia, ele descia. Se ela entrava, ele se retirava.

Laís implorou-lhe que fosse mais compreensivo, que, pelo amor de Deus, dividisse com ela aquele fardo, que também para ela não era leve nem um pouco, mas o marido respondeu que era pedir demais. Já lhe bastava ver a barriga da filha crescer sob o seu nariz, e o máximo de compreensão que exigiu de si mesmo foi não tê-la expulsado de casa, para o que, aliás, não lhe faltou vontade. Por fim acostumaram-se a conviver assim, pouco se falando, cada qual perdido nos seus próprios pensamentos, e a rotina da casa acomodou-se à nova situação. Quando Júlio vinha jantar no horário, Lurdes servia Jana na cozinha, as duas assistindo à televisão. Se chegava mais tarde, Laís e a filha comiam primeiro, na sala, e o pai, depois.

– Umas não querem e Deus manda. Outras querem tanto e Deus não manda, e aí inventam essas coisas que são contra a natureza – filosofou a empregada, fazendo o sinal da cruz, ao ouvir no noticiário que o primeiro bebê de proveta nascera no Brasil. – Credo, Jana, eu que não teria coragem! Será que essa criança feita no laboratório é mesmo perfeitinha como estão dizendo?

Por esses dias, Jana sentiu pela primeira vez o bebê mexer. Tinha saído da missa com a mãe e de longe avistaram os pais de Ivan, que também as viram mas fingiram que não viram, entrando depressa no carro para disfarçar.

No meio da noite, Jana acordou encharcada de suor, sufocada pelo pesadelo. Dona Marília e doutor Ivan agarravam-na na saída da igreja, imobilizavam-na pelos braços e pernas e batiam na sua barriga com toda a força, tentando matar o bebê. Ela gritava por socorro, lutando para defendê-lo, mas as pessoas que acorriam, em vez de ajudá-la, punham-se a bater-lhe também.

Acendeu a luz e acariciou o contorno da barriga, suando frio. Já podia notá-la saliente, começando a crescer. Levantou para molhar o rosto na pia, e depois permaneceu acordada por longo tempo, recostada na cabeceira da cama, pensando em Ivan.

Olhava o retrato dele e percebeu que não sentia mais raiva, e sim saudades. O rancor inicial se esfumaçara como o vento e agora sofria profundamente a sua falta. Queria estar nos seus braços, dividir com ele os segredos desse ser tão pequenino, mas que já tinha todos os seus órgãos formados – conforme viu no livro que a mãe lhe deu – e que, lentamente, começava a se mover. No fundo o desculpava, dizendo para si mesma que os pais o obrigaram a ir embora e que na primeira oportunidade ele iria escrever. Mais tarde, quando voltasse, já seria maior de idade e ninguém poderia impedi-los de se ver. Então conheceria o filho. Que carinha ele ia ter? Parecido com ele, por acaso? Com ela? Ou com os dois?

– Vai ser menino e vai se chamar Romeu – decidiu.

Quando dormiu de novo, sonhou com o garoto já grandinho, brincando com ela e Ivan na praça, debaixo da paineira florida. Acordou feliz.

Mas ir à escola estava se tornando cada vez mais difícil. Não bastasse o calor, que a deixava letárgica e indisposta, a convivência na classe ia de mal a pior. No dia dos seus quinze anos ganhou da mãe sua primeira roupa de gestante, um macacão de brim que usava com camisetas por baixo. Sem fazer qualquer comentário, Laís guardara o vestido branco de debutante no alto do armário embutido. Assim, com a barriga visível e aumentando a cada dia, todos a evitavam ainda mais. Terminara o terceiro bimestre com três recuperações, o máximo permitido, e os professores lhe cobravam maior dedicação, do contrário iria perder o ano. Mas não sentia a menor vontade de se esforçar. Talita fazia o possível para ajudá-la. Jana surpreendeu-a um dia tentando convencer as outras.

— Deixa ela entrar no nosso grupo, gente! Coitada! Sozinha, ela não tem ânimo de estudar!

— Mas a gente se reúne em casa, e lá a minha mãe não quer que ela vá – disse Cláudia. — Pois se nem para o meu aniversário ela deixou convidar!...

— Eu tenho pena, mas a minha mãe também não deixa. Nem pensar! – Aline foi categórica.

Talita perdeu a paciência.

— Vocês não têm um pingo de coração! Tomara que um dia aconteça o mesmo com vocês e todo mundo vire as costas! Pois a Jana vai entrar no grupo, e daqui pra frente todas as reuniões vão ser na minha casa! A minha mãe não é careta como a de vocês!

Pobre Talita, Jana jamais esqueceria aquela cena. As meninas à volta da mesa com os livros abertos, fazendo o trabalho de história. Os recortes de jornal espalhados ali por cima, com as notícias sobre aquela líder da Índia assassinada pelo seu próprio guarda-costas. Dona Doralice chamou-a na cozinha, disfarçadamente, com a desculpa de mandar um recado à sua mãe. Talita observando de longe, com o rabo dos olhos, intrigada.

— Como vai, Jana? E a Laís, vai bem? — Ela parecia gentil.

— Tudo bem, sim, senhora.

— E quando nasce o nenê?

— Em fevereiro. No fim do mês.

— Em fevereiro? Não demora muito, então.

— Mais ou menos, dona Doralice. Faltam mais de três meses ainda. Por quê? — Não sabia o motivo daquela conversa, mas notou que a mãe de Talita revirava as mãos, sem jeito, e logo começou a entender.

— Sabe o que é, Jana? Não me leve a mal, por favor — ela gaguejava. — Eu não disse nada para a minha filha porque ela gosta muito de você... E eu também — completou. — Foi uma fatalidade, e sinto até muita pena dos seus pais... — Fez uma pausa, procurando as palavras. — Mas os pais das outras... — apontou na direção da sala — ... sabe como é, pensam de outro jeito. Se souberem que você está aqui com elas, vão me cobrar. Talvez nem deixem mais a Talita ir à casa deles...

— Mããããee!!!...

O grito, como o de uma ave ferida, veio lá de dentro. Era Talita. Indignada, estarrecida, morta de vergonha.

Na formatura do nono ano, sobrou um lugar vazio. Jana deixou a escola em novembro, faltando pouco para acabar o ano letivo. Trancou-se em casa e não saiu mais.

ANO das MUDANÇAS

Os cabelos de Laís branquearam completamente nesses poucos meses. Como não tinha ânimo para pintá-los, seus quarenta anos de repente se tornaram muitos mais. Há tempos já não pensava em culpas nem em cobranças. Até pouco antes mãe de uma criança, preparava-se resignadamente para ser avó.

Sentada ao lado da mãe, que tricotava na varanda, Jana se lembraria sempre desse verão tórrido como a época em que foi perdendo uma a uma todas as ilusões, ao mesmo tempo em que a televisão lhe mostrava que, ao contrário do que se passava em seu íntimo, as pessoas chamavam o ano que terminava de "ano da alvorada", "ano das mudanças", "ano do direito à esperança". Uma imensa bandeira do Brasil tremulava nas imagens, carregada pela multidão, e o rosto de um velhinho simpático, com cara de avô bom, aparecia cada vez mais nos noticiários. Seu pai o chamava de o Conciliador, afirmando que resolveria todos os problemas do país. Era o novo presidente, o último a ser eleito pelo voto indireto e o primeiro civil a ocupar o posto desde vinte anos antes. Foi recebido entusiasticamente por todo o povo, pois era a promessa viva de novos e melhores tempos.

Mas o clima de festa que via na tela, as pessoas acenando, o civismo tomando conta das ruas, o velhinho fazendo uma viagem ao redor do mundo, posando feliz ao lado do presidente francês ou de beca vermelha na Universidade de Coimbra, com um chapéu esquisito que lhe dava um ar fofíssimo, nada disso encontrava eco no seu coração. Ivan não escrevera uma única linha. Jana tinha os pés inchados pelo calor, a barriga tão grande que não a deixava dormir à noite, além das cãibras, e uma dorzinha aguda no meio das costelas. Também sentia dores na coluna e, às vezes, achava que ia morrer sufocada, pois o bebê, quase para nascer, empurrava-lhe para cima o diafragma.

De chinelo havaiano – o único tipo de calçado que lhe servia – e com um vestido enorme e solto, Jana vagava pela casa na modorra dos trinta e poucos graus à sombra, perseguida por demônios e feiticeiras em lugar das fadas e duendes que povoaram seus sonhos até pouco tempo antes. A sós no seu quarto, comparava as formas atuais com a antiga silhueta de bailarina e dava vazão a todos os seus medos.

– Nossa! Eu era assim? – apavorava-se, confrontando os retratos do álbum com o seu corpo no espelho. – Será que vou ficar deformada? Estas estrias vão desaparecer?

Mal tivera tempo de acostumar-se aos pelos, seios e contornos de suas formas juvenis, e de novo tudo mudara. Agora tinha medo de doenças e de morrer de parto, das dores – que sempre ouviu dizer serem as piores do mundo –, de ser operada, de não chegar a tempo ao hospital e de trocarem seu bebê por outro no berçário. Frequentemente sonhava que estava dando à luz na rua, em completa solidão, porque ninguém à volta conseguia encontrar o telefone do médico. Outras vezes, via-se sozinha num quarto de hospital, e acordava tendo claro o temor que o sonho insinuara:

– Será que ninguém vai me visitar?

Quando, enfim, o telefone tocou na casa do doutor Tomasino, às duas da manhã do dia vinte e um, o médico vestiu-se sonolento, pensando que já era tempo de se aposentar. Estava velho demais para essas coisas: acordar de madrugada tendo a esperá-lo o parto de uma criança! Tinha feito o pré-natal da menina e sabia que estava tudo bem. Ela era saudável, mas a experiência de meio século lhe mostrava que, na idade de Jana, sempre se poderiam temer complicações: ou a pouca maturidade física não permitia o parto normal, ou era o psiquismo infantil que não suportava as dores. Mais tarde Lígia haveria de lembrar que ao menos podiam ter ensinado a Jana as respirações próprias para ajudar o parto, que em qualquer cursinho de pré-natal se aprendem. Mas o doutor Tomasino há cinquenta anos trazia crianças ao mundo pelos métodos antigos e olhava com desdém para essas novidades de cidade grande.

Com a bolsa d'água rompida e contrações ainda espaçadas, Jana chegara com a mãe ao hospital em estado de pânico por causa da intensidade das dores. Se isso era só o começo, o que seria depois? Pálida, desfeita, mal se acomodou no quarto, vieram aplicar-lhe a lavagem intestinal, e deu um grito de pavor quando a enfermeira chegou com um aparelho de gilete para raspar-lhe os pelos.

– Calma, menina, nem começou ainda! Eu não vou cortar você!

Mas a água com sabão escorreu, fazendo arder muito, bem na hora em que começava uma nova contração. Antes que a moça terminasse o serviço, Jana já tinha perdido completamente o controle, berrando:

– Mãe, eu não quero! Não quero, não quero, dói muito, eu não vou aguentar, mãe!

Laís, tão pálida quanto a filha, dizia-lhe que relaxasse, é inútil se rebelar contra a dor, aí é que dói mais ainda; se você fica tensa, o efeito é inverso. Toda mulher é capaz de ter um filho, Jana. Fique calma – mas ela mesma não conseguia manter-se tranquila, pois o doutor Tomasino previa muitas horas pela frente: o primeiro filho sempre demora mais e Jana tinha quatro dedos de dilatação somente.

– Agora: relaxe! – ordenava o médico, interrompendo mais um exame, ao sentir que se aproximava uma nova contração. – Tensa desse jeito, é pior, muito pior, Jana.

Falava no vazio. Quando sentia a barriga endurecer sob a ação daquela cólica intensa – uma cólica como as de menstruação só que mil vezes mais forte e sobre a qual não tinha o menor controle –, Jana contraía-se da cabeça aos pés, não, eu não aguento, não adiantou nada ter ensinado tanto tempo seu corpo a comportar-se, estica o joelho, não puxa o calcanhar, encolhe a barriga, bumbum pra dentro, braço redondinho, solta o queixo, cabeça livre, porque agora a natureza vinha e desordenava todas as regras, mãe, o que é isso, mãe, socorro, eu vou morrer, mãe!

Ao cabo de três horas de sofrimento, o doutor Tomasino tomou uma decisão.

– A dilatação não aumentou quase nada. A criança é grande demais para o tamanho da bacia. Eu vou operar – disse a Laís, chamando-a de lado e logo se afastando com seu passo lento e cansado. – Devia estar brincando com bonecas! – ela o ouviu resmungar.

Tempos depois, Jana só se lembraria muito vagamente da viagem de maca pelos corredores, a subida no elevador até o centro cirúrgico, a ordem para ficar imóvel, sentada, com o tronco abaixado, a picada bem na base da coluna e o alívio instantâneo. Bendita anestesia! Não tinha mais cintura, nem barriga, nem pernas. Aplicaram-lhe um sedativo e ela adormeceu.

Quando abriu os olhos estava de novo no quarto, ainda sem sentir nada da cintura para baixo, um cheiro forte de álcool, o sol entrando em cheio pela janela. A primeira coisa que viu foi um vaso cheinho de flores do seu jardim. Lurdes estava ao lado e Laís ao telefone, os olhos cheios de lágrimas:

— Júlio, é uma neta, Júlio. Nasceu!

Lurdes se inclinava para ela:

— Uma lindeza de menina, Jana! A sua cara, só que bem mais gordinha: três quilos e duzentos gramas! Você precisa de ver!

Jana fez menção de se recostar na cama ao ver a enfermeira entrando com um embrulhinho branco, mas teve que deitar de novo, quase desmaiando de dor. Toneladas de pedras pesavam-lhe sobre o ventre, uma dor funda e cortante como lâmina, diferente da dor das contrações. Suou frio, mas fez um esforço para virar um pouquinho de lado, porque a curiosidade era muito maior. Apresentavam-lhe uma boneca rosada, de carne e osso, os olhinhos fechados no meio das rendas, tão bonitinha... Tocou de leve as mãozinhas cerradas, olhando-a, admirando-a. Não podia acreditar!...

— O nome dela é Gabriela — decidiu, de repente, pensando que de fato era igualzinha às suas fotos de bebê.

– Ué! De onde é que você tirou esse nome agora? Não dizia o tempo todo que, se fosse menina, iria chamar Julieta? – Lurdes se espantou.

– Bobagem minha... Eu falava por falar... Julieta é lá nome de gente? – Jana não cansava de olhar a filha. – Ela tem cara de Gabriela, ué! Pois não me puseram esse nome mais estranho... Jana?! Só depois fui saber que quer dizer lua, porque, na hora, a minha mãe também não sabia de onde tirou.

– Gabriela! Você é linda, Gabriela! – Laís carregava a neta, encantada. Nem lembrava mais de toda a aflição por que passou.

Mas Jana gemeu e tiveram de acomodá-la, dar-lhe um sedativo, ajeitar as cobertas, e levar o bebê de volta para o berçário. Ela dormiu o dia inteiro e, quando acordou à noite, apesar da dor no corte, sentia-se melhor. Lígia tinha chegado de São Paulo com um monte de presentes, e fez questão de ficar com a sobrinha para Laís ir descansar.

No dia seguinte vieram outras visitas: dona Marly e o pessoal do balé, parentas mais distantes e diversas amigas da mãe. Talita apareceu com um buquê de flores e três presentes: um era dela, um minúsculo vestidinho; o outro era da turma da escola, um macacãozinho; e o terceiro...

– Adivinha de quem – disse à amiga, estendendo o pacote. – Você não vai acreditar!

Jana desembrulhou a caixa e deu com uma bonequinha de pano, com os cabelos de lã. Junto, havia um cartãozinho:

"Para a minha sobrinha Gabriela, beijos do seu tio João".

– Comprou com a mesada dele e me pediu pra trazer – explicou Talita. – Não teve coragem de vir pessoalmente, mas... Coitado, Jana... Ele está louco pra conhecer a Gabi.

Jana começou a chorar.

– É de alegria, boba... – tentava convencer Talita, limpando as lágrimas. – Eu pensava que ninguém ia ligar...

O moral levantou a tal ponto que conseguiu tomar um banho de chuveiro, ajudada pela enfermeira, apesar de curvada pela dor. Pôde ver o corte, costurado com uma horrível linha preta, e a barriga tão inchada que parecia que nem tinha tido o nenê.

– Será que isso vai melhorar um dia? – perguntou à moça, sentando-se num banquinho sob o jato da água do chuveiro e sentindo que também os seios agora começavam a doer.

– É o leite que está descendo – explicou a enfermeira. – Dói um pouco, mas logo passa. E bem depressa você vai ficar magrinha outra vez.

Mas, quando lhe puseram Gabriela para mamar, Jana viu estrelas. Não de felicidade, como as que sempre vislumbrou no rosto das mães que aparecem nas fotos das revistas, amamentando seu bebê. Com os seios enormes e empedrados, toda vez que a menina sugava avidamente os mamilos sensíveis, Jana empalidecia de dor.

– Tem que insistir, no começo é assim mesmo – dizia alguém.

– Não insiste muito, senão racha – dizia outra amiga da mãe.

– Põe compressa quente – aconselhava uma terceira.

– Leva ela pro berçário e dá mamadeira – implorava Jana.

O doutor Tomasino confirmou as compressas, receitou um remédio em *spray* para ajudar a descer o leite e uma pomada para evitar as rachaduras nos bicos. Jana olhou horrorizada para o sutiã imenso que a mãe tinha comprado, achando que jamais voltaria a usar o seu antigo tamanho.

Em casa, colocaram o berço e o trocador ao lado da sua cama, mas, nos primeiros dias, mal teve condições de dar alguns passos até o banheiro. Andava encurvada por causa do corte e, apesar da pomada, os seios racharam e a incomodavam tanto que se recusava a dar de mamar.

– Está vendo? Ela chora de fome. Eu não tenho leite – justificava-se à mãe.

– Se a nenê não mamar, o leite acaba mesmo – prevenia Laís. – Ela tem que sugar para produzir mais leite. E, se se acostumar com a mamadeira, não pega mais o seio – dizia a avó, descendo de madrugada para ir fazer a mamadeira da neta. Dia e noite, não saía de perto de Jana.

– Droga, mas por que dói tanto? – reclamava a menina, tentando colocá-la no peito mais uma vez.

Lurdes preparou canjica, trouxeram cerveja preta, leite, chás de diversos tipos, deram-lhe líquidos o dia inteiro, mas não adiantou. Ao fim de quinze dias o leite tinha secado, mas, finalmente, livre do mal-estar, Jana sentiu-se confortável para dar ela mesma a mamadeira a Gabi pela primeira vez. Gostou de carregá-la no colo: era fofa e bonitinha mesmo.

Já tirara os pontos e foi capaz de manter-se de pé tempo suficiente para, dominando as náuseas, trocar sozinha uma fralda de cocô. Teve de enfiar a menina no banho: estava suja da cabeça aos pés. Logo aprendeu a fazê-la arrotar, a colocá-la de bruços e dar-lhe chá de erva-doce quando tinha cólicas, a reconhecer se o choro era de fome ou de dor de barriga, e a manter um fiapo de lã molhado na sua testa para acabar com os soluços, conforme Lurdes lhe ensinou. No fim do dia, caía exausta na cama e não acreditava que para Gabriela a noite fosse igual ao dia. Tudo continuava a mesma coisa. Não respeitava o repouso da mãe, e acordava esfomeada quando bem lhe aprouvesse, às duas, três da madrugada, ou berrando por alguma outra razão. Jana levantava tonta de sono, mas levantava. Só de vez em quando perdia a paciência, apelando para a mãe, que já voltara a dormir no seu próprio quarto. De modo geral, porém, surpreendeu Laís, que no fundo imaginava que a filha ia tratar o bebê como se ele fosse uma das bonecas da prateleira.

— Parabéns! Você está me saindo uma mãe melhor do que eu pensava — disse-lhe um dia. — Mas Jana... — continuou, meio sem jeito — com toda essa correria, esquecemos completamente de uma coisa: você precisa registrar a Gabi, filha.

— Registrar? — Até agora estava conseguindo não pensar em Ivan. — Eu?

Lurdes saiu de perto, enxugando uma lágrima teimosa, porque lhe deu muita pena ver a sua menina nessa situação. Jana se fechou no quarto e ficaram apreensivas, mas pouco depois ela desceu vestida, entregando a filha nos braços da mãe.

— Se sou eu que tenho de ir, melhor ir logo — disse apenas.

Gabriela Cardoso. Gabriela Cardoso. Gabriela Cardoso. Em frente da televisão, à noite, relembrou mil vezes o que estava escrito naquela certidão. O nome do pai? Em branco. Um dia Gabi perguntaria; lhe cobraria. O que iria lhe dizer? Já não acreditava que Ivan voltasse, nem que se importasse... Não tinha dado nenhuma notícia. Aos poucos, começava a odiá-lo outra vez... Pegou Gabi no colo para dar-lhe a mamadeira e, então, na edição especial do jornal da noite, viu aquela notícia: a capital enfeitada para a festa da posse e o presidente sendo internado às pressas no hospital. Júlio sentou ao seu lado no sofá, estarrecido. Em silêncio, permaneceu junto da filha e da neta pela primeira vez.

Anos mais tarde, quando já não sentisse ódio, mas indiferença, e seu pai pudesse apertar a neta nos braços como qualquer avô, Jana ainda se lembraria daquele mês, daqueles trinta e nove dias. Ela com o bebê no colo, desprotegida, todos da casa grudados na tevê, o povo de mãos postas, missas no país inteiro, rezas, terços, lágrimas, orações, a esperança se esvaindo a cada dia, duas, três, cinco, sete operações, e o cortejo subindo a rampa do palácio com o presidente morto; o Brasil de luto e a bandeira tremulando no vídeo sobre o sorriso dele, seu gesto inconfundível de acenar com as mãos: "Não vamos nos dispersar. Continuemos reunidos, como nas praças públicas, com a mesma dignidade e a mesma decisão...". Lá fora, as quaresmeiras em flor.

GOTA D'ÁGUA

Júlio vomitou sangue na sexta-feira. Laís tinha saído cedo para ir ao mercado e Lurdes foi chamar Jana em seu quarto, afobada, mal reparando na alegria de Gabi quando ela entrou, abanando-lhe as mãozinhas, sentadinha no berço. Jana encontrou o pai caído no banheiro, lançando a alma pela boca, curvado de dor. Foi levado às pressas para o hospital e operado no sábado, ali mesmo, em Rio Largo, porque a úlcera tinha perfurado, e seria muito arriscado levá-lo para São Paulo.

– O seu Júlio bota os problemas pra dentro em vez de botá-los pra fora, e é nisso que dá – resumiu Lurdes no domingo, depois que souberam que a cirurgia tinha corrido bem. Varria a calçada, coberta mais uma vez pelo tapete amarelo do ipê, enquanto a patroa fazia companhia ao marido no hospital. No jardim, sentada no carrinho, Gabi devorava um pedaço de maçã que a mãe lhe dava na boca, sorrindo com o seu primeiro dentinho.

Jana ainda não havia se recuperado do choque. Sabia que o pai sofria de gastrite há vários anos. Tinha certas restrições alimentares – que nem sempre respeitava: pratos condimentados, álcool, fumo, café –, recentemente piorara e vivia indo ao médico, mas não lhe contaram que ele também andava vomitando sangue. Nunca o tinha visto nesse estado.

– Foi por minha culpa que ele teve isso, não foi, Lurdes?

A empregada levantou a vassoura, fingindo ameaçá-la com uma vassourada.

– Não me venha pôr mais peso na consciência, menina – disse, enérgica. – Já chegam os problemas que você tem pra carregar. – E, abaixando a voz, como quem conta um segredo: – O seu pai sempre foi desse jeito, calmo por fora e nervoso por dentro.

Teve vontade de contar-lhe sobre as inúmeras vezes em que o viu rondar o berço de Gabi, quando a mulher e a filha não estavam por perto, e mesmo o quarto de Jana, na época da gravidez, mas preferiu não dizer nada. São cristãos, que se entendam; iam se entender um dia, se Deus quiser, e esse dia talvez não estivesse longe. Pois se um homem vê sua filha única tornar-se mãe aos quinze anos, abandonada pelo pai da criança, escorraçada da escola, com a vida mal começando e já estragada, com seu nome na boca do povo, e ele é um homem de bem, é natural que fique furioso, grite, esbraveje, até que a expulse de casa, mas não é natural fazer o que ele fez. Se o homem finge que não está acontecendo nada, não toca no assunto, é como se a filha e a neta fossem transparentes, passa por elas e faz que não as vê, é porque no fundo sente amor e não ódio; acima da honra ferida está o quanto gosta delas; sofre como o diabo, mas não quer dar o braço a torcer. Se ele chora sozinho debaixo da romãzeira enquanto a filha está parindo, mas não vai vê-la no hospital; se pega a neta nos braços e diz: "Vem cá, minha bonequinha, vem no colo do vovô", como tantas vezes o vi fazer – quando pensava que eu estava atenta apenas às panelas –, então é porque seu coração está tão confuso e perdido que Deus lhe mandou essa doença para fazê-lo compreender. Esperemos que mude. Porque a minha Jana é uma boa menina. Foi até muito corajosa. Quantas como ela não tiraram o filho, ou o deram... Eu mesma já fiz isso uma vez... É verdade que com pobre é diferente; nem dinheiro para aborto a gente tem. Se é pra cair nas mãos dessas curiosas, dessas carniceiras, melhor é ter e dar o filho da gente, porque sempre se acha alguém que quer. Eu dei o meu, mas... por Deus... como me arrependo. Quantas noites já perdi pensando nele; quanto já chorei!... Nem mesmo conheci sua carinha e nunca soube para onde foi levado neste mundo de Deus... É por isso que gosto tanto dessa menina, eu a criei como se fosse minha, e essa outrazinha que é dela, a Gabi, é como se fosse minha netinha, tão bonita e tão gordinha. Come muito mais do que a mãe, que tanto trabalho me deu!...

— Lurdes, olha um minuto a nenê, para eu atender o telefone? — pediu Jana.

Lurdes largou a vassoura, suspirou fundo e pegou a menina nos braços. Da clínica, Laís confirmou que Júlio passava bem, mas avisou que deviam se preparar para um longo e trabalhoso período pós-operatório. A previsão era de quinze dias no hospital e um mês em casa, no mínimo, em completo repouso, alimentando-se de duas em duas horas. Tinham lhe extraído uma parte considerável do estômago e o pouco que restou precisava ser muito bem cuidado.

— Vai dar tudo certo, Jana, você vai ver — garantiu a empregada.

Mas quando finalmente a mãe e o pai voltaram, depois de duas semanas, a rotina da casa mudou muito mais do que poderiam imaginar. Laís e Lurdes estavam sobrecarregadas, o dia todo subindo e descendo as escadas —

às voltas com curativos, visitas que entravam e saíam, comidas especiais –, e já não tinham tempo para ajudar Jana a tratar da menina. Ao fim de poucos dias cuidando da filha sozinha, decidiu deixar a escola pela segunda vez.

Quando punha a cabeça no travesseiro, Jana sabia que esse motivo só em parte era verdadeiro, foi apenas a gota d'água, pois desde o início do ano os estudos iam mal. Como Gabriela nasceu em fevereiro, perdeu todo o primeiro mês de aula. Depois, era comum dormir sobre a carteira, exausta de tanto acordar de noite para atender a menina. Quando, passados três meses, o sono de ambas se normalizou, já estava muito atrasada em relação à classe; perdeu o interesse pelos estudos e começou a relaxar. Os antigos colegas estavam um ano na sua frente, o que a desestimulava ainda mais. Em junho, já devia notas tão altas, em tantas matérias, que achava impossível conseguir recuperar.

– Ano que vem eu recomeço, mãe. Em outro colégio, por favor! Até lá as coisas se acalmam. O papai vai estar melhor e a Gabi, mais crescida. Você vai ter menos trabalho... Aí, eu volto para o balé também.

Laís apenas balançou a cabeça, vencida pela realidade. O que mais temia se confirmava: aos dezesseis anos, a filha levava uma vida austera e cheia de responsabilidades.

Além de se privar dos estudos, não saía mais com amigos nem se divertia, mesmo porque não era convidada para nada. Ocupava-se da menina, ajudava a mãe e Lurdes nas tarefas da casa e, depois do almoço, na hora em que Gabi dormia, corria para a aula de inglês. Por imposição do pai, já frequentava o curso há dois anos, e só por medo dele não o abandonou. Assistia à televisão muitas horas por dia e vivia com a cabeça cheia de tragédias: bebês resgatados com vida, após ficar uma semana soterrados, num terremoto no México... Crianças içadas de helicóptero, emergindo de um mar de lama, vítimas da erupção de um vulcão, num outro país da América... Apertava então Gabi nos braços, dando graças a Deus por estar tudo bem com ela, e levava-a a passear na praça.

Magro, abatido, uma pálida sombra do homem enérgico que tinha sido, Júlio passava os dias na varanda, lendo ou apenas descansando, sem coragem de tirar o pijama e com os pés estendidos sobre um banquinho até o enorme corte longitudinal cicatrizar. Deprimido, pouco se comunicava. Dividia com a neta as papinhas e mingaus que Lurdes preparava e Laís lhe trazia, sempre atenta aos horários em que ele devia se alimentar. Aos poucos, voltou a falar com a filha sobre assuntos banais. Quando melhorou mais, passou a distrair-se cuidando das plantas no quintal. Gostava de ter por perto o carrinho da menina, e já não se acanhava em demonstrar-lhe abertamente o seu carinho, na frente de quem quer que fosse.

Um dia, todos viram quando a pegou no colo para deixá-la tocar numa florzinha. Gabi dava palmadinhas no rosto do avô, eufórica, comunicando em sons desconexos a sua alegria:

– Gu-gu... Dá-dá... Gu-gu... Dá-dá...

Laís ficou tão emocionada que, mais tarde, Jana surpreendeu-a falando suavemente com o marido, tentando apressar a reconciliação. Da sala, porém, onde se encontrava, ouviu-o replicar, exasperado:

– Mas você esperava o quê, mulher? Que eu perguntasse a ela como se sentiu? O rapaz foi carinhoso com você, hein, filha? Foi tudo bem? Você gostou? Ora, Laís, não me venha com esse assunto de novo. Eu sou de outra época, não aceito isso, você sabe muito bem.

Jana percebeu que ele se referia àquele momento de antes, quando Gabi foi gerada. Tinha aquilo ainda entalado na garganta, e não a perdoava...

Afastou-se de mansinho, desanimada. Para ela, aquele era um momento tão distante, que só a custo o recordava. Sua vida tinha mudado tanto, era tudo tão diferente agora, que não se detinha mais para relembrar a época em que engravidara. Considerava Ivan definitivamente perdido, e tinha claro que haveria de criar Gabi sozinha. Mais de uma vez assaltara-a a ideia de pegar a menina e ir embora para São Paulo. Só assim conseguia imaginar-se de novo no palco, dançando, tendo uma nova turma, quem sabe até um novo namorado...

Em Rio Largo, sua vida social resumia-se a ver Talita de tempos em tempos, quando levava Gabriela para passear na praça. Telefonavam-se e marcavam encontro, pois a amiga vivia tão ocupada quanto ela na época em que

dançava e, tal como ela mesma sonhara, planejava dedicar-
-se somente ao balé.

— Daqui a dois anos, quando eu terminar o colegial, vamos juntas pra São Paulo, Jana. Se aqui não se tem futuro, nem pra dançar, imagine pra criar filho solteira! Esta cidade é muito provinciana!

Romeu e Julieta tinha sido um sucesso. Jana não suportara assistir, porque no fundo lhe doía ver outra pessoa no seu papel — ainda que fosse Talita —, mas qualquer ameaça de ressentimento caía por terra quando via os esforços sinceros da amiga para estimulá-la.

— Assim que der você volta, Jana. Num instante você recupera. Ainda vamos dançar juntas, você vai ver.

— Você acha? — perguntava, desanimada.

Agora, era ela quem fugia da antiga turma, apesar de sua mágoa ter diminuído um pouquinho com o presente que mandaram para Gabi na maternidade. Com exceção de João, o único que a procurou para conhecer a menina, só cruzava com os outros na rua, por acaso, ela empurrando o carrinho do bebê, eles passando com os livros debaixo do braço. Nos meses em que esteve na escola, tentaram reaproximar-se, mas, como tinham mudado para o prédio do colegial, pouco se encontravam.

Por João, Jana soube, desde o início, que Ivan tinha conhecimento do nascimento da filha. O irmão escrevera-
-lhe contando.

— Pergunta sempre pela Gabi nas cartas — João tentava animá-la, toda vez que marcavam encontro para ele ver a sobrinha. Gabi já o reconhecia e manifestava claramente sua satisfação quando se encontravam.

– Pois, pra mim, nunca perguntou nada – repetia Jana, magoada.

Nas noites de insônia, nas vésperas do parto, e, mesmo agora, quando Gabi fazia alguma gracinha, ainda se sentia dividida entre o afeto e a raiva. Quando lembrava de tudo o que viveram juntos, enternecia-se, perdia-se em fantasias. Mas logo se dava conta de que o Ivan que trazia na memória desaparecera na névoa do passado – e seu silêncio lhe doía como uma eterna bofetada. Se ao menos tivesse explicado, se desculpado... Agora que já não dependia dele, que bem ou mal aprendera a valer-se sozinha, analisava o seu comportamento e não sabia se o interpretava como prova de fraqueza ou de falta de caráter. Desamor, com certeza, não era: quando se encontraram pela última vez, sabia que ele ainda a amava.

– Ele foi criança, só isso, Jana. Não conseguiu enfrentar a mamãe e o papai, ficou apavorado – João, dois anos mais novo que o irmão, tentava justificá-lo.

Fazendo um esforço, Jana até podia entender. Mas isso não invalidava a realidade dos fatos: estava sozinha, com uma criança nos braços.

Nesse dia, João lhe deu uma notícia bombástica, que teve o poder de sacudir o seu desânimo. Sua vida estava precisando de um novo impulso, e esse era o pretexto que faltava.

– O Ivan está morando em São Paulo, Jana. Voltou no final do ano e passou no vestibular para a faculdade.

– Ah, é?!... – Jana ficou sem fala. Saber que ele ia tão bem nos estudos, enquanto ela abdicava de tudo para cuidar da filha dele, deixou-a tão fora de si que se sentiu desafiada.

– De odontologia. Desistiu da agronomia... pra fazer a vontade do papai – João continuava, mas Jana não o ouvia. Estava cega de raiva.

Matriculou-se numa nova escola, e até Júlio se surpreendeu com a disposição da filha para estudar.

– Vou acabar o nono ano este ano, custe o que custar – dizia Jana, jurando a si mesma que depois disso voltaria também a dançar.

Mas os dias não correram assim tão fáceis. Com um ano e pouco de vida, Gabriela andava pela casa, com seus passinhos incertos, ameaçando trombar nos móveis, machucar-se nas quinas, despencar da escada ou enfiar os dedinhos nas tomadas, exigindo atenção em tempo integral. Por causa de uma seca violenta, faltava água nas torneiras – até os hospitais de Rio Largo ficaram dias sem poder operar – e, como se tudo isso não bastasse, Jana era obrigada a percorrer diariamente diversas padarias, permanecendo em filas imensas para comprar o leite da menina.

O novo presidente, que assumira no lugar do velhinho morto – o Poeta, como o chamava seu pai –, decretou um plano econômico ambicioso, que mudava o nome da moeda e congelava os preços dos produtos, transformando as donas de casa do país inteiro em fiscais do governo no combate à inflação. No início, Laís entusiasmou-se, correndo supermercados para conferir os preços, de lista e caneta na mão, mas logo se deparou com uma triste situação. Com os preços congelados, os alimentos simplesmente desapareciam das prateleiras, e era preciso buscá-los onde quer que fosse, pagando-os com ágio. Enquanto o presidente ameaçava confiscar o boi gordo no pasto, faltava o bifinho no prato de Gabi.

Abastecer a casa transformou-se num suplício, exigindo muitas horas diárias de dedicação. Antes de sair para o banco, Júlio, que já voltara a trabalhar, fazia a ronda dos açougues, indo às vezes até cidades próximas, na tentativa de encontrar carne. Havia dias em que Jana voltava da sua jornada indignada, lamentando o esforço perdido.

– Lurdes, põe suco na mamadeira da Gabi hoje. Só vendem um litro de leite por pessoa, e, quando chegou a minha vez na fila, acabou.

Mas, no final do ano, com os preços estourando outra vez, depois das eleições para o Legislativo, Jana pôde enfim se orgulhar: com quase dois anos de idade, Gabriela crescia saudável, e ela, com dezessete, apesar de tudo, conseguiu concluir o ensino fundamental. Tinha feito amizades na nova escola e já se relacionava melhor com o pai. Sentia-se agora tão à vontade com ele que nem lhe passou pela cabeça a reação que teria ao perguntar-lhe se podia participar da festa de formatura.

– Baile? Nem pensar. Você tem uma filha para criar e chega o que esse povo já falou. Além do mais, está atrasada dois anos. Não há nada pra comemorar.

Consumida pela raiva, depois de tanto esforço, passou uma semana trancada no quarto, ruminando o rancor. Na noite da formatura, depois que todos da casa se recolheram, tomou uma decisão. Arrumou uma sacola, às pressas, tirou Gabi do berço e, sem pensar duas vezes, viu-se no saguão deserto da estação rodoviária, esperando o ônibus noturno para São Paulo. Quando chegasse, avisaria tia Lígia. Ela iria compreender. Seu coração batia desordenadamente, e o motorista teve que repetir a ordem duas vezes, para fazê-la entender:

– Documentos.

Vasculhou a bolsa à procura da certidão de nascimento de Gabi, que não esquecera de levar, e estendeu-a. O homem examinou o papel desconfiado, olhando alternadamente para ele e para o semblante infantil e assustado de Jana.

– O que é que a menina é sua? – quis saber.

– Filha. Ela é minha filha. – De pé, ali na porta do ônibus, já não aguentava mais o peso de Gabi.

– Seus documentos, então.

Jana entregou-lhe sua cédula de identidade. O homem olhou o retrato, conferiu os dados, fez as contas...

– E a autorização? – perguntou.

– Que autorização?

– A autorização do seu pai, passada no juiz. Você é menor de idade, não pode viajar sem autorização.

Jana perdeu as estribeiras e pôs-se a gritar feito uma louca:

– Mas eu já sou mãe! Como não posso? Eu posso ir aonde quiser, já sou mãe, ela é minha filha, entendeu bem?

Juntou gente à sua volta, mas ninguém fez nada. O motorista bateu a porta do ônibus, inflexível:

– Lei é lei. Volte amanhã, com a autorização.

Quando chegou em casa, encontrou todas as luzes acesas e os pais e Lurdes na sala, com os olhos assustados, tentando localizá-la pelo telefone. Subiu direto ao seu quarto e, do alto da escada, gritou a Júlio, antes de bater-lhe a porta na cara, chorando de humilhação:

– Quando tiver dezoito anos eu vou embora, ora se vou! Pode se preparar, você não perde por esperar!

Estrela ★ trágica

A volta para o balé foi muito mais dolorosa do que jamais teria imaginado. Depois de dois anos e meio parada, era como começar tudo de novo. Seu corpo tinha perdido a mobilidade, e as pernas não se sustentavam mais no ar, nem à custa de todo o seu esforço. Antes, podia dançar uma hora e meia ou duas seguidas, como se estivesse brincando. Agora, depois de vinte minutos de aula, lhe faltava o ar. Tinha engordado um pouco e os músculos, rígidos, pesavam como chumbo. Nos primeiros dias, nem mesmo *arabesques* e piruetas, os dois movimentos que a bailarina clássica mais usa, conseguia fazer.

– Foi muito tempo parada, Jana. Vamos lá, com paciência e força de vontade, você consegue. – Nem dona Marly parecia acreditar nas palavras que estava dizendo.

Colocara-a de volta numa turma mais atrasada para que se recuperasse um pouco, porque, por ora, dançar com a companhia estava fora de cogitação. Ao lado de meninas bem mais novas, que nem mesmo conhecia, Jana se sentia a última das criaturas vendo-as subir na ponta com a facilidade que ela mesma já tivera, e que agora não tinha mais. Insistia em tentar.

– Nem pense em ponta por enquanto, Jana. Ponta é a última coisa. Você quebra o pé. – Dona Marly era enfática ao alertar.

Dava-lhe exercícios especiais, diferentes dos que dava às outras. Enquanto dançavam na ponta, ela usava a sapatilha normal. Para quem já fora a primeira, a melhor de todas, era vexatório demais.

No fim de poucos meses estava bem mais flexível, embora ainda longe de chegar ao ponto em que tinha interrompido. Mas já não alimentava ilusões. Nunca mais poderia passar três ou mais horas por dia na academia, como antes.

De manhã tinha a escola – entrara no primeiro colegial – e, depois do almoço, o inglês. Em seguida ia para o balé, mas não podia demorar-se muito, pois nos fins de tarde ficava com Gabi. As aulas mais adiantadas e os ensaios – se pudesse retomá-los um dia – eram justamente nesse horário.

E, depois, tinha que ser realista: quantas horas diárias uma bailarina profissional precisava dançar? Todas; do café da manhã à ceia noturna; ouvira isso a vida inteira. Sabia perfeitamente bem como era a rotina de trabalho das que possuíam talento e sorte em doses suficientes para ser aceitas no Teatro Municipal de São Paulo. Batiam o cartão de ponto às nove horas da manhã e nunca estavam liberadas antes das cinco da tarde. Se o coreógrafo inventasse de ficar mais tempo, faziam hora extra. E, nos dias de espetáculo, não tinham hora para sair, permanecendo no teatro até tarde da noite. Mesmo que a mãe ajudasse, como poderia levar esse tipo de vida, tendo uma filha para criar?

– É verdade, mas, em vez disso, você podia dar aulas, Jana. Aqui mesmo, se quiser. Pegue uma turma de iniciantes. Pode começar já – há muito dona Marly pressentira que à sua aluna predileta só restaria essa opção.

– Não, dona Marly, aula não!

Para quem sonhou brilhar no palco, seria frustrante demais passar a vida preparando alunas para brilhar em seu lugar. Mas, temendo ter magoado a professora com a veemência da resposta, tentou explicar:

– Não que eu tenha algo contra dar aula, não é isso, acho até bonito... Mas é que eu queria dançar, sabe? Do contrário, prefiro fazer outra coisa, arranjar outra profissão... – suspirou fundo. – E, depois, não tenho mesmo jeito nem paciência para ensinar...

Dona Marly ainda insistiu para ela continuar na academia, sem compromisso, fazendo umas aulas de *jazz* só para manter a forma, mas Jana preferiu se afastar. Se era apenas por divertimento, deixaria para mais tarde, quando lhe sobrasse tempo livre, dali a alguns anos, depois...

No seu último dia na academia, despediu-se do pessoal e, com a alma em luto, abraçou seu Antônio. Saiu tão cabisbaixa quanto o presidente nas fotos que apareciam nos jornais. Depois do fracasso do plano, a inflação voltara com força total. Júlio via com apreensão as declarações de assessores do governo: "Perdeu-se a confiança", "O que necessitamos agora é sorte". E Laís repetia pelos cantos, descrente, fazendo coro a todas as donas de casa do país:

– Agora vou ser fiscal do meu bolso. Do presidente, nunca mais.

Jana sentou-se num banco perto do coreto e notou que a paineira mais uma vez explodia em flores. Quanto tempo fazia, desde que se encontrara ali com a cigana? Três anos apenas? Pareciam tantos mais!...

Recordou suas palavras:

– Você é a estrela, mas uma estrela trágica. Vai viver um grande e desastrado amor.

E o final da profecia, que naquela hora lhe soou tão estranho:

– E esse amor vai dar um fruto.

Adeus, Julieta, adeus para sempre. Adeus a todos os sonhos de dançar. Agora a hora é outra: daqui para a frente, Gabriela virá sempre em primeiro lugar... Não, não se arrependia de ter escapado a tempo daquela mesa fria, de tê-la deixado viver. Nunca se arrependeu. Mas não podia evitar sentir essa tristeza, essa nostalgia, essa vontade enorme de chorar.

Depois, acabou sorrindo por entre as lágrimas que escorriam: um fruto, sim, um fruto bem madurinho. Era o que Gabi parecia, corada e redondinha, correndo pela casa, tagarela, aprendendo rapidamente a falar. Já chamava todos pelo nome – "Mãe", "Lurdes", "Vó", "Vô" –, já fazia frases inteiras, usava os verbos no passado – "Gabi foi", "Mamãe chegou" –, sabia nomear as partes do corpo – "Pé", "Mão", "Cabelo", "Boca", "Bumbum" –, as peças do vestuário, os bichos, os alimentos, tantos objetos; era tão esperta, enfim!

Os colegas de Jana na nova escola eram loucos por ela. Embora às vezes ainda fosse surpreendida por um "Coitadinha, olha o que aconteceu com ela! Se você não tiver juízo, pode lhe acontecer também!", vindo da mãe de alguma menina, no geral Jana se sentia tratada com razoável naturalidade. Chegavam a convidá-la para alguns programas: um aniversário, um churrasco na chácara de alguém, e, às vezes, iam à sua casa, só para brincar com Gabriela. Tratavam-na feito uma boneca, passando-a de colo em colo, penteando-a, vestindo-a, amarrando-lhe uma fita no cabelo, provocando-a só para ouvi-la replicar.

Júlio mostrava-se reticente em relação às invasões dessa turma ruidosa. Continuava achando que a filha devia apenas estudar e ocupar-se de Gabi, embora, na prática, colocasse ambas no mesmo nível, como se fossem irmãs e não mãe e filha. Referia-se a elas como "as meninas", e sobre as duas fazia valer sua autoridade de chefe da casa. Mas, desde que não houvesse namoros à vista, acabava consentindo que Jana saísse com eles de vez em quando, cedendo aos apelos de Laís:

– Chega de ser rabugento, homem! Deixa a menina se divertir!

Jana teria preferido morrer a deixar o pai saber que, pelo menos em duas ocasiões, ele não estivera de todo enganado. Na primeira, foi alertada pelas próprias colegas, que ouviram uma conversa entre três meninos da classe.

– Não dá bola pra nenhum deles, Jana. Apostaram quem vai conseguir você primeiro. Só por causa da Gabi, pensam que você é fácil.

Na segunda vez, um incipiente namoro com Mauro, um garoto do terceiro colegial, foi cortado mesmo antes que começasse, depois que soube de um comentário da mãe dele:

– Com tanta menina na cidade, você vai querer logo essa, que já foi de outro?

Na noite de quarta-feira, Jana sonhou que quem lhe dizia essa mesma frase era a mãe de Ciro, o professor de história. Mas ele ria e sacudia os ombros, como quem diz: "Pouco me importo". Estavam debaixo de uma jabuticabeira, tão carregada que seus galhos chegavam no chão. Ele colhia um monte de jabuticabas, oferecendo-as a Jana na concha das suas longas mãos estendidas. Acordou com a certeza de ter provado o fresco sabor das frutas.

No sábado, quando chegou com Gabi ao sítio de uma das meninas, onde iriam passar o dia, não pôde evitar um tremor ao vê-lo no meio da turma, espalhada nas mesas e bancos de madeira rústica instalados debaixo das árvores. Adivinhou que o bom presságio do seu sonho se cumpriria: junto de Ciro havia justamente uma jabuticabeira carregada.

Fazendo festa para Gabi, que enfiava a cabeça no ombro da mãe, envergonhada, todos vieram recebê-la com a notícia:

– Olha só quem está aqui, Jana! O Ciro prometeu vir e veio mesmo!

Era um pouco mais velho que os alunos. Tinha vinte e dois anos, e gostavam dele exatamente por isso: fora da classe, onde era até bastante exigente, portava-se como um amigo. Conversava com eles sobre assuntos diversos, que depois trazia para as aulas: filmes, livros, música, a situação política nacional. Recomendava-lhes peças de teatro para quando fossem a São Paulo e tentava despertar neles o interesse pelas atividades de um partido de esquerda do qual era militante ativo: ninguém jamais o vira sem o broche com o seu símbolo, uma estrela vermelha, a furar-lhe as camisetas velhas. Tocava violão e cantava com uma voz bonita, e as meninas só não caíam de paixão porque ele, magro e desengonçado, relaxado no vestir-se e com aquela barba fora de moda, não era o tipo de nenhuma delas. Preferiam os rapazes de gênero mais esportivo, que faziam sucesso na cidade: aqueles de rosto bem-barbeado, traços mais regulares e roupas finas e benfeitas, como Tom Cruise e Rob Lowe, seus ídolos do cinema.

Em cinco minutos Gabriela já tinha perdido a vergonha e corria de um lado para outro, conforme a chamavam, suja de terra e com a boca lambuzada das jabuticabas que lhe davam, respondendo a todas as brincadeiras e fazendo charminho para os rapazes. Terminou no colo de Ciro, lutando para comer com a ajuda das mãos um pedaço de churrasco.

— Ela é uma gracinha — disse a Jana, que acabava de sentar do seu lado. — Sabe que admiro muito você por isso? Não deve ter sido nada fácil!

Há muito tempo Jana não se sentia tão feliz. Sacudiu os ombros, dando risada.

— Você tem mãe? — perguntou-lhe.

Ele olhou-a espantado, sem compreender nada.

— Não, ela já morreu. Por quê?

Jana continuava rindo.

— À toa, só pra saber... Por nada...

Falaram sobre o balé. Ela contou-lhe por que o deixara e falou da vontade que tinha de assistir ao espetáculo de uma famosa coreógrafa americana que se apresentava em São Paulo. Comentaram um acidente radioativo que acontecera em Goiânia e preocupava o país. Lamentaram a morte recente, no Rio, do maior poeta nacional. Jana nunca tinha conversado tanto tempo seguido com alguém sobre esses assuntos em toda a sua vida. Olhavam embasbacados um para o outro, ela encantada com a sabedoria dele, ele achando-a amadurecida demais para a idade. Nem repararam que Gabriela não estava mais por perto. Alguém a levara no colo para mostrar-lhe o galinheiro e não a viram mais.

– Preciso procurar a Gabi... – várias vezes Jana tentou se afastar dali, mas Ciro tocava violão, todos à volta cantavam, ia ficando...

No fim da terceira ou quarta música teve um pressentimento ruim. Levantou-se com o coração na boca e pôs-se a correr os grupinhos. Vocês viram a Gabi; vocês viram a Gabi; uma tonteira e as pernas bambeando, pois ninguém tinha visto, a voz lhe saindo rouca e desesperada quando começou a chamar a filha:

– Gabiii! Gabiiii!

Pararam a música e puseram-se a procurá-la por todos os lados, respirando aliviados quando verificaram que a piscina estava intacta.

De repente alguém deu um grito:

– Olha a Gabi lá em cima!

Jana sentiu um calafrio. Sentadinha no vão da janela do piso superior da casa, Gabi estendia os bracinhos para ela: "Mãe, mãe".

– Não sai daí, pelo amor de Deus, Gabi. Espere, fique quietinha aí – o terror paralisando-a, enquanto todos subiam as escadas correndo, para pegá-la por dentro, mas não houve tempo. Gabi lançou-se no espaço, caindo de um vão de dois metros de altura e vindo estatelar-se no chão aos pés da mãe. Jana ficou tão alucinada que levou alguns segundos para perceber que a filha não estava imóvel e fria, como imaginava, mas esperneando e chorando com toda a força dos seus pulmões. Seu rostinho estava cheio de sangue.

– Não toca na menina! Pode ter quebrado alguma coisa! – exigia uma voz enérgica e aflita.

– Não, parece que foi só de leve, ela se mexe! – gritava outra.

Jana não ouviu nenhuma das duas, já tinha a filha apertada nos braços, chorando mais do que ela:

– Gabi, Gabi...

Em segundos, os donos da casa ligaram o motor do carro, mas Ciro foi mais rápido. Colocou Jana e a menina dentro do seu velho fusquinha e saiu cantando os pneus em direção ao hospital. Os outros seguiram atrás. Assim que chegaram, ligou para os pais de Jana, como ela lhe pediu, e esperou aflito na companhia dos outros, que vieram quase ao mesmo tempo. Jana entrou com Gabi e os médicos a viraram do avesso, examinando-a e tirando várias radiografias.

Laís e Júlio pisaram no hospital a tempo de assistir à cena: Jana voltando com Gabi no colo, ilesa, apenas com um curativo na ponta do nariz, só de calcinha, pois suas roupas ficaram imprestáveis, apontando para o vendedor ambulante que via lá fora.

– Quero sorvete, mãe...

Ninguém sabia se ria ou chorava. Laís e Júlio arrebataram a neta e a cobriram de agrados, aliviados, e Jana viu-se de repente entre os braços de Ciro, suspirando agradecida:

– Obrigada...

No futuro, se lembraria dele sempre assim: forte e poderoso, bondoso, culto, protegendo-a, mimando-a, ensinando-lhe coisas novas, divertindo-se com ela e defendendo-a da maledicência. Foi quando a cidade soube que Ivan havia chegado no fim do ano, de carro novo, e começou a namorar a Marinês na vista de todo mundo. Transferido, veio em definitivo, para trabalhar com o pai e estudar odontologia na faculdade de Rio Largo.

Preferia essa lembrança à outra, à da cena final: ela e Ciro aquela noite na sala de casa, namorando. Ele insistindo mais uma vez naquele assunto. Ela com muito medo de sentir de novo aquelas coisas, indecisa, sinto muito, não posso, não consigo, não estou preparada ainda. E ele, que era sempre tão compreensivo, dizendo aquela frase infeliz, num tom de quem se cansou, "Preparada o quê, Jana, você já tem uma filha", minutos antes de Júlio e Laís voltarem e darem com os dois no sofá, falando baixinho, entenderem tudo ao contrário, não aceitarem explicações, o pai agarrando-a pelo braço ao mesmo tempo em que acendia a luz:

– O senhor só tem permissão para vir aqui quando eu estiver em casa; pensei que tivesse ficado claro... Pouca-vergonha debaixo do meu teto, não, Jana! Não vai acontecer de novo, mil vezes não!

Não gostava de lembrar porque a despedida foi muito triste. Queriam que deixasse Gabi com eles. Lurdes chorava, Gabi se pendurava no pescoço do avô e da avó, mas só para consolá-los; não tinha dúvidas de que preferia ir com a mãe porque estava adorando a ideia de mudarem de cidade e ainda por cima viajarem de ônibus...

Jana tinha dezoito anos e, da janelinha, foi vendo sua adolescência perder-se definitivamente lá atrás.

Lígia tinha trinta e dois anos, era uma mulher bonita e de espírito prático. Saíra de Rio Largo aos dezoito, em busca de horizontes mais amplos, levando na bagagem duas ou três batas indianas, uma saia comprida, uma sandália de couro, colares de miçangas e uma flor nos cabelos, ao lado de seus inseparáveis discos dos Beatles. Passou um ano sem dar notícias. Só depois se soube que encontrou seu sonho numa praia na Bahia, onde milhares de jovens chegavam todos os dias e, sem se perguntarem sobrenome, passado, futuro ou profissão, instalavam-se nas choupanas dos pescadores e dedicavam-se a meditar sobre a energia e a vibração do lugar. Depois esteve no Rio, convivendo de perto com Gil e Caetano junto de um píer na praia de Ipanema – na verdade, um emissário de esgoto que estava sendo construído –, que na época ficou famoso por ser o ponto de encontro dos adoradores do sol.

Quando o sonho acabou, veio para São Paulo cursar sociologia e política. Morou em repúblicas e pensionatos até se cansar daquela vida nômade e decidir que era hora de pôr a cabeça no lugar. Formada, prestou concurso para uma empresa pública e, desde então, tinha um bom emprego, que lhe permitiu comprar o apartamento onde morava e, nas férias, viajar. Os amigos sempre brincavam dizendo que era uma das poucas sociólogas do país a conseguir essa façanha e que, se·hoje podia se proporcionar certos luxos, conservava hábitos e gostos dos tempos passados. Ainda se vestia num estilo descontraído. A diferença era que, agora, os colares de cerâmica eram comprados em Veneza, as túnicas no Marrocos, as bolsas rústicas no Peru e as sandálias de couro na Grécia.

Tinha casado duas vezes – casado não: juntado, fazia questão de especificar Júlio, seu cunhado –, mas há alguns anos vivia sozinha. Não teve filhos porque não os quis na época, e agora tinha dúvidas sobre se os quereria algum dia, com a sua vida organizada e seu apartamento arrumado. Mas gostava de crianças e, desde que Jana nasceu, a tinha adotado. Sempre lhe dera bons presentes, convidava-a para passar as férias com ela e a apoiava em todos os seus projetos. Também gostava de Gabi e concordou em tê-las em casa, com algumas ressalvas.

Assim que chegaram, explicou a Jana com clareza como era a sua vida e no que poderiam contar com ela. O apartamento era pequeno e reservou-lhes o quarto de hóspedes, com uma bicama e um armário. Há anos tinha uma boa faxineira, que vinha duas vezes por semana. Ela cuidaria das suas roupas. Nesses dias, costumava deixar alguma comida pronta, mas Lígia nunca almoçava em casa e, à noite, fazia apenas um lanche. Jana poderia cozinhar o que quisesse. Arrumou-lhe um colégio próximo, onde estudaria de manhã, e uma escolinha para Gabriela em período integral, distante umas cinco quadras. Jana teria que aprender a tomar ônibus e a andar a pé ali no bairro, a fazer compras e a virar-se sozinha, pois não era sempre que a tia poderia lhe dar carona. Trabalhava longe e estava habituada a fazer os seus horários como bem lhe aprouvesse.

Também lhe disse que não se comprometeria a ficar com Gabi à noite ou nos fins de semana. Uma vez ou outra poderia fazer isso até com prazer, mas não como norma. Tinha seu namorado e os amigos. Às vezes saía com eles, outras iam todos para sua casa. Mas estava certa de que a sobrinha logo se acostumaria e iria gostar de São Paulo.

Ali em Moema, onde vivia, o comércio era farto, variado, e estavam muito perto do Parque do Ibirapuera, um bom lugar para levar Gabi aos domingos, brincar no parquinho e correr no gramado. Então é isso, boa sorte e é tocar pra frente, menina, porque na sua idade eu fui bem mais longe e sem um tostão no bolso, diferente de você agora, que tem a proteção da tia e o dinheiro que os pais lhe mandam todo mês lá de Rio Largo.

Ouviram um estrondo na sala e Jana nem teve tempo de considerá-lo um mau presságio. Meu Deus, começamos mal! Enquanto conversavam no quarto, Gabi tinha subido na estante onde estava o aparelho de som da tia e despencara lá de cima, levando na queda vários objetos. Entre o que sobrara das cerâmicas que Lígia trouxe do Araguaia, berrava desesperada.

– Gabi! Você nunca fez isso lá em casa! – Jana ficou tão envergonhada e nervosa que, sem ligar para o choro da menina, que aumentava de volume, aplicou-lhe umas boas palmadas. – Você me mata do coração, Gabi! E agora? – tentava juntar os cacos das estatuetas índias, desconsolada.

– Paciência! Ainda bem que ela não se machucou – Lígia reagiu com diplomacia, mas Jana percebeu o quanto ficou chateada.

Foi o primeiro sinal de que deveria manter Gabriela sob rédeas curtas ali dentro. Acostumada a ter muito espaço, ela se portava no apartamento como se estivesse enjaulada, ameaçando saltar das janelas. Passou a mantê-la fechada no quarto, para que não mexesse nas coisas da tia, e ficou muito sem graça quando, por causa delas, Lígia teve uma despesa extra: mandou colocar grades em todas as janelas, como faziam os que tinham crianças no prédio.

– Tudo bem, Jana. Não se preocupe – sossegou-a a tia, mas Jana já tinha clara a ideia de que precisava arrumar um emprego. O dinheiro que o pai mandava não ia dar para tudo, e não tinha coragem de ficar pedindo a toda hora aumento de mesada.

Logo conseguiu umas aulas de inglês para crianças numa escolinha da vizinhança. Desde então sua rotina era esta: fazer o café da manhã, convencer Gabi a se deixar vestir, arrumar sua sacola e levá-la, a pé, até a escola. Correr para o colégio, que era bem mais puxado que o de Rio Largo e aonde invariavelmente chegava atrasada. Correr para almoçar qualquer coisa que ela mesma fazia, às vezes um sanduíche, pois nem sempre tinha comida em casa. Voar para a escolinha de inglês, de onde saía às seis horas para buscar Gabi. Dar-lhe banho, preparar um jantar rápido para as duas e colocá-la na cama para, só então, poder passar os olhos nos livros e lições do colégio e preparar as aulas que ela mesma tinha para dar. Quase sempre dormia sobre os cadernos, sem conseguir terminar.

Mas, muito breve, Jana veria que essa rotina seria até suave, se não ocorressem imprevistos: uns domésticos, outros próprios da vida de São Paulo. Primeiro foi Maria, a faxineira da tia, que não aguentou dois meses o acréscimo de serviço e, apesar do aumento correspondente que tivera também no salário, pediu as contas e foi embora.

Estava habituada a trabalhar para uma mulher sozinha e não gostava de crianças dentro de casa. Sem contar o aborrecimento indisfarçável de Lígia, pelo qual Jana se sentiu responsável, teve de cuidar da casa e da roupa até arrumarem outra – ou outras, porque seguiram-se várias. Nenhuma parava no serviço, às vezes nem três dias, como se não existisse inflação e emprego estivesse fácil.

Por fim, quando milagrosamente encontraram uma senhora mais velha, que adorou Gabi, respiraram aliviadas. Então começaram as epidemias de piolho e as greves de ônibus, que impediam Jana de deixar a menina na escola.

– Piolho? Mas a minha filha nunca teve isso. Sempre foi limpíssima! Greve de ônibus? Mas eu venho a pé, a maioria tem carro, por que a escola tem que fechar? – No princípio, Jana não entendeu nada.

Ficou sabendo, então, que os funcionários da escolinha dependiam da condução coletiva e que, sem eles, ela não tinha condições de funcionar. Voltem quando acabar a greve, sentimos muito. Com piolho é a mesma coisa, não se sabe como essa praga veio parar nos cabelos de crianças que vivem num ambiente limpo, mas é preciso mantê-las em casa, passar o remédio, desinfetar o colégio, porque o raio do bichinho tem uma resistência absurda, voa de uma cabeça à outra e até as tias da escola já andam se coçando. Melhor as mães se prevenirem e começarem também a se tratar.

Jana então faltava às suas próprias aulas, dois, três, quatro dias seguidos, porque a empregada saía cedo e Gabi não tinha com quem ficar. Outras vezes eram os temporais repentinos e as bruscas mudanças de temperatura, que a obrigavam a não tirar a menina de casa. Gabi, que sempre fora saudável, vivia agora com tosse e com o nariz escorrendo, marca inconfundível das crianças sujeitas ao clima de São Paulo.

— Os meus estão sempre gripados. Já acostumei, nem ligo mais — dizia-lhe Luciana, a prima de Talita, de quem ficou amiga e com quem passou a dividir as suas preocupações e o seu espanto com as coisas da cidade.

— Nunca pensei que morar aqui fosse tão complicado — Jana desabafava. — Já faz dois meses que cheguei e ainda não fui a um teatro!

— E você pensa que eu saio? — Luciana respondia, desanimada. — Com estes dois para cuidar e sem dinheiro para pagar empregada! O Ricardo pelo menos vê os amigos, quando vai à faculdade. Eu não. Estou sempre em casa.

Era dois anos mais velha que Jana, e tinha casado aos dezesseis, grávida da menina. Logo depois teve um menino. Os pais os mantinham em São Paulo, mas só o marido continuou estudando, pois a faculdade era cara e alguém tinha que ficar com as crianças. Luciana acabou desistindo de estudar medicina, como pretendia.

— Nossa, Lu, sempre pensei que pra quem casava era mais fácil. Estou vendo que a sua vida não é melhor do que a minha.

— Melhor? É uma droga, pode crer. Você não sabe a raiva que me dá ver o Ricardo sair pra jogar bola e eu ficar aqui, mofando. Pensa que ele liga? Parece até que fez o favor de casar comigo... Pelo menos é isso que os pais dele acham. Vivem me jogando na cara que, por causa desse casamento, o filhinho deles não vai poder fazer estágio nos Estados Unidos.

– E os seus pais? Não ajudam?

– Mandam mesada, né, Jana, mas o que eu escuto! Nem reclamo mais, porque a resposta é sempre a mesma: "Foi você quem quis".

Com a sua nova amiga, Jana ao menos passou a ter companhia nos fins de semana. Temia incomodar Lígia, ficando com Gabi em casa. Embora os amigos da tia agradassem muito a menina, o espaço exíguo tornava a convivência forçada, sobretudo quando o namorado de Lígia estava lá. Com as três crianças, Jana e Luciana passeavam no Ibirapuera e, nos dias frios – o que era mais frequente em São Paulo –, iam para um *shopping center* próximo, onde se encantavam com todas as coisas bonitas que não podiam comprar. Roupas, sapatos, maquilagens, bijuterias e mesmo um lanche eram caros demais.

– Mãe, quero uma dessas batatas grandes, cheias de creme! – pedia um.

– Compra sorvete? – exigia outro.

– Quero andar de cavalinho, deixa, vai, mãe! – suplicavam todos ao mesmo tempo.

– Você já foi duas vezes, Gabi, chega! Olha a minha carteira: não tenho mais dinheiro, pode ver.

Corriam atrás dos filhos, fascinados pelas lojas de brinquedos, querendo comprar todos – e já.

— No Natal, então, tá bom, mãe? Aquele ursinho que fala, olha lá! — Gabriela dava pulos diante da vitrina, puxando a mãe pela mão. — Vou pedir pro vovô Júlio. Você nunca tem dinheiro pra nada! — decidia em seguida, amuada.

Desanimadas, as duas amigas sentaram-se num banco, de olho nas crianças para que não se aproximassem muito da escada rolante.

— É melhor brincar por aqui, gente. Cuidado!

— Lu, não estou dando conta da escola. Vou repetir de novo. Eu mais falto do que vou, não estudo nada... — Jana desabafou por fim. Deu um suspiro profundo, antes de confessar o pior: — No inglês, me avisaram ontem, estão gostando do meu trabalho, mas, se eu der mais uma falta, vão me mandar embora... Lu... — já estava quase chorando — ... Estou muito cansada, Lu. Não estou aguentando mais!...

Ao sentir a amiga solidária, oferecendo-se para ficar com Gabi quando ela precisasse — Tudo bem, Jana; quem toma conta de dois toma de três; pode abusar —, as lágrimas contidas transbordaram e Jana acabou abrindo todas as mágoas acumuladas nesses meses de São Paulo. Sinto falta da Lurdes, Lu, e da comida dela. Ela e a mamãe cuidavam de mim, pelo menos lá em Rio Largo elas me ajudavam. Eu não tinha que me preocupar tanto com a Gabi. Tudo era mais fácil, tudo era perto, tinha sol o tempo todo, a Gabi não vivia doente nem endiabrada como aqui. Virou uma pestinha, Lu, vivo brigando com ela. Tenho medo que a tia Lígia nos expulse. Ela não diz nada, mas sei que está cansada. Outro dia a Gabi quebrou mais um bibelô dela. Não tenho sossego, vivo apavorada. E nem estudar eu posso, não consigo trabalhar, de amiga só arrumei você, não conheci mais ninguém, não tenho tempo pra nada...

Na segunda-feira, a empregada, que até então estava indo bem, desapareceu sem nenhum aviso. Nem mesmo veio buscar o resto do salário. Gabriela acordou com febre alta e foi piorando tanto no decorrer do dia, que, à tarde, Jana ligou para o emprego de Lígia, muito assustada.

– Desculpe incomodar você, tia... Mas a Gabi está com trinta e nove de febre. Ela chora e diz que dói a cabeça. Não sei mais o que fazer! Com essa onda de meningite que estão dizendo... Tia... Estou meio desesperada...

Por causa do trânsito, Lígia demorou mais de uma hora para chegar em casa e tempo igual para alcançar a travessa da avenida Paulista, onde ficava o pediatra que uma amiga dela indicou. Sob um frio intenso, e vendo os automóveis parados, avançando milímetros cada vez que um farol abria, Jana olhava Gabi choramingando no banco traseiro e lembrava que, na sua cidade, o médico costumava atendê-la em casa. Lentamente ia esboçando uma decisão...

Só a comunicou à tia quando voltaram com a menina medicada, já à noite, depois de quase duas horas naquele mar de carros, pegando em cheio o horário do *rush*. Felizmente Gabi não tinha meningite, só uma amidalite forte, e agora dormia tranquila. Lígia tirou os sapatos, ligou a tevê e esticou-se no sofá, para ver no telejornal a notícia que o Brasil esperara aquele ano inteiro: encerravam-se os trabalhos no Congresso; já se tinha uma nova Constituição.

Jana respeitou o interesse dela, mas naquela hora outro assunto a preocupava mais.

– Vou levar a Gabi de volta para Rio Largo, tia. Para ficar com a mamãe...

Pôde ver a compaixão estampada nos olhos da tia. Não aguentou e começou a chorar.

– Está sendo difícil a vida aqui, não é, Jana? – Lígia se mostrava carinhosa, mas não tentou demovê-la da sua decisão. – Talvez seja mesmo melhor para ela. Mais até do que para você...

Estendeu-lhe então uma carta que tinha chegado na portaria aquela manhã. Jana olhou o remetente: era de Ivan. O carimbo mostrava que fora postada há mais de dois meses. Depois de uma longa greve dos correios, havia muita correspondência atrasada.

Abriu o envelope com os dedos trêmulos e as palavras dançaram-lhe por entre as lágrimas, fazendo-a reter apenas fragmentos do texto: "Você foi muito corajosa"... "Estou envergonhado"... "Fui um moleque irresponsável"... "Quero que a Gabriela tenha o meu nome"... "Não quero que ela cresça pensando que não tem pai"...

Com a câmera na mão, sentindo com prazer o denso calor das cinco da tarde, em Rio Largo, Jana fotografava Gabi no parque. Através da lente, viu o rapaz se aproximar e registrou todas as expressões da filha – curiosidade, uma certa timidez e, logo, um sorriso franco e aberto –

quando ele lhe entregou um presente. Gabriela abriu o pacote e apertou nos braços o ursinho de pelúcia, louca de alegria, prestando a maior atenção, enquanto ele lhe ensinava como fazer para que o brinquedo "falasse". Tinha um gravador na barriga e repetia tudo o que a sua pequena dona dizia, frase por frase.

Só então se aproximou dos dois. Gabi não lhe deu chance de dizer uma única palavra. Pulava no seu pescoço, puxava-lhe a roupa, dava gritinhos:

— Mãe, olha o que o moço me deu, mãe. Olha, mãe, o ursinho tagarela!

Tinha preferido dizer à filha que iam se encontrar "com um amigo da mamãe, do tempo da escola". Anos mais tarde, porém, Gabriela confessaria a Laís que adivinhou a verdade desde o primeiro instante, quando Ivan lhe entregou o ursinho de pelúcia naquela tarde, no parque.

— Eu sabia que ele era o meu pai, vó! Tinha certeza!

— Certeza como, Gabi?

— Sei lá, vó. Uma coisa aqui dentro — apontava para o peito.

Mas, naquele dia, a menina não demonstrou suspeitar de quem se tratava.

— Como é que você se chama mesmo? — perguntou-lhe pela terceira vez, só para ouvir o ursinho repetir: "Como é que você se chama mesmo?".

— Ivan — respondeu-lhe de novo, mantendo a promessa que fez a Jana de só revelar-lhe quem era depois que convivesse um pouco com a filha e conquistasse a sua confiança. Em seguida, tirou um papel do bolso e entregou-o a Jana, meio constrangido: – Está aqui. A certidão da Gabi.

– Foi muito complicado? – Jana perguntou sem encará-lo, sentando na outra ponta do banco, devagarzinho. Desdobrou o papel e conferiu o nome completo da filha que agora figurava no registro: Gabriela Cardoso Albuquerque.

– Que nada, facílimo. Foi só chegar no cartório e pedir a mudança... – Calou-se, de repente, ao notar que ela contemplava a certidão com os olhos cheios de lágrimas. – Jana... – disse sem graça – ... Será que você vai me perdoar um dia?

Gabriela não viu a mãe enxugando o rosto com o lenço de papel que tirou da bolsa, porque tinha encontrado uns amiguinhos por perto e estava lhes mostrando o seu ursinho.

– Já perdoei, Ivan, já te disse... – Jana suspirou longamente. – Também já disse que vou voltar para São Paulo e deixar a Gabi com a minha mãe. Tudo o que eu quero, agora, é que você a veja de vez em quando, que trate bem da menina... – Olhou-o e teve a certeza de que de fato era apenas isso o que esperava dele hoje, nada mais.

Subitamente, uma revoada de passarinhos invadiu a copa da paineira e Jana contemplou-os, maravilhada. Absorta, alheou-se por alguns instantes, lembrando do encontro anterior que tivera com Ivan, há poucos dias, naquele mesmo lugar.

Depois que recebeu a carta, havia passado uma semana numa ansiedade louca, sem saber como reagiria e o que sentiria quando o visse. Na sua agenda, ficara registrado o sentimento mais forte daquela noite em São Paulo, ao lado da filha doente e da falência dos seus planos de permanecer com ela na cidade: "Carta do Ivan. Dia muito feliz". Tinha lhe telefonado ao chegar a Rio Largo e combinado de se encontrarem na praça. Mas quando o teve finalmente na sua frente, mais velho e encorpado, sério e compenetrado, quase não o reconheceu. Ivan vinha cabisbaixo e envergonhado, sem olhá-la nos olhos quando a cumprimentou.

– Oi, Jana. Como vai?

– Oi, Ivan – respondeu, surpresa por não sentir a emoção que esperava. Os quatro anos de ausência e os acontecimentos que não partilharam tinham erguido uma barreira entre os dois.

Gaguejando, Ivan abriu-lhe sua alma, falando dos tormentos por que passou: culpa, remorso, a vontade que tinha de saber notícias, de fazer alguma coisa por elas. O João sempre me falava dela, dizia que era linda, esperta, uma gracinha. Eu queria tanto conhecê-la, mas temia que você não permitisse, que me enxotasse para longe da nossa filha. Só agora tomei coragem para me aproximar, me arriscar, é agora ou nunca, pensei. Entenda, Jana, por favor entenda que eu era apenas um menino, entrei em pânico, me deu branco, meus pais fizeram o maior escândalo, me obrigaram a ir embora, e, sem a ajuda deles, como a gente poderia se casar?

– Eu também era só uma menina, Ivan. Nem tinha feito quinze anos. Dois a menos do que você – lembrou-o, num tom de crítica. Com os olhos no vazio, recordava uma tarde de sol no alto da colina, os campos verdes, a cidade ao longe... Sentia mágoa e uma grande nostalgia daquela garota sonhadora que não era mais.

– Eu sei, e é por isso que a admiro tanto. Outra não teria tido a sua fibra – Ivan a tratava com respeito, no lugar da intimidade de antes. – E então? Você vai me deixar ver a nossa filha?

Jana ficou em silêncio, perdida nas lembranças. Depois, baixou os olhos e deparou com uma aliança na mão direita de Ivan. A visão a chocou.

– O que é isso? Está noivo? – indagou, sem poder evitar um sorriso de zombaria.

Ele ficou vermelho como um pimentão.

– É... Da Marinês... – gaguejou, sem saber onde esconder as mãos. – Já estou trabalhando com o papai, você sabe, não é? Me formo no ano que vem. Aí me caso.

Jana de repente se sentiu muito adulta nos seus dezenove anos.

– Então, essa era a vida que você queria, hein, Ivan!... – refletiu com ironia, mais para si mesma. – E a sua noiva não vai se importar de você ser visto por aí com a sua filha? – perguntou, fazendo troça. – Você não conhece a língua desta cidade! Fugiu a tempo! – não pôde resistir à provocação.

– Jana, conviver com a minha filha é o que eu mais quero neste mundo! Nunca vou ser feliz se você não deixar! – replicou exaltado, ignorando o comentário. Depois abaixou a cabeça. – A Marinês não tem nada a se opor... – disse de mansinho. – Quem não conhece a nossa história aqui em Rio Largo?

Jana ficou pensativa.

– Sabe, Ivan, eu desculpo tudo, menos uma coisa... É você nunca ter dado notícias... Não ter escrito uma linha...

– Já disse que eu morria de vergonha!...

Jana viu-o tal como era, tão diferente do Romeu dos seus sonhos, e pensou: este é o pai da minha filha. Com seus defeitos e qualidades, é assim que ele é. Não posso impedi-los de serem amigos, de se gostar.

– Tudo bem, Ivan – concordou, passando a combinar as condições e os detalhes do encontro. Preferia não contar de antemão à Gabi quem ele era. – É que, quando ela perguntou pelo pai, eu disse que a gente tinha se separado antes de ela nascer e que você agora morava em outro país. Achava que ela nunca iria conhecê-lo – explicou.

Ao se despedirem, sentira-se livre de um peso e vira de repente uma larga estrada abrir-se na sua frente. Dali em diante, já poderia percorrer outros caminhos. Entendeu que tinha enterrado para sempre seu amor da adolescência.

Um passarinho veio pousar no banco em que se encontravam e só então Jana voltou ao presente, dando-se conta de que Ivan continuava a dirigir-se a ela.

– Só ver a menina de vez em quando não é suficiente, Jana – enquanto falava, Ivan fazia um carinho na cabeça de Gabi, que tinha voltado com o ursinho e se sentara entre os dois. – Também quero dar todo mês uma pensão pra ela. E, se você deixar, levá-la em casa pra conhecer os meus pais...

Jana arregalou os olhos, surpreendida. Não esperava tanto. Não cogitara na hipótese de ele dar dinheiro e nem mesmo lembrava que tinha pais. "Agora que ela já está grandinha, superengraçadinha, eles querem", não pôde deixar de pensar. Mas não disse nada.

– Eles me pediram pra transmitir também as suas desculpas. Já viram a Gabriela várias vezes de longe e morrem de vontade de que ela os chame de vovó e vovô – Ivan explicou.

Vovó? Vovô? Jana sentiu o velho rancor remexer-se em suas entranhas, mas respirou fundo e se acalmou. Se queria começar uma vida nova, não podia guardar mágoas de ninguém.

– Está bem – disse por fim.

A separação da filha foi para Jana mais doída do que todas as perdas anteriores: Ivan, os amigos, sua vida de menina, o balé. Em quatro anos de convivência, nunca tinham se afastado um único dia ou noite. Não se lembrava mais de como era viver sem ela, e se perguntava, incrédula, como podia ter sido feliz tantos anos, antes de Gabi nascer. Por mais trabalho que tivesse, não conseguia vislumbrar sua rotina sem aquela figurinha especial do seu lado, aprontando

diabruras e exigindo a toda hora seus cuidados. Abraçou-
-se à filha com desespero, como se não fosse vê-la nunca
mais. Gabriela, assustada, também começou a chorar.

– Virge, gente, o que é isso? Parece enterro! No outro
final de semana a mamãe tá de volta, Gabi. Vem cá comigo, vem – Lurdes acenava com um apelo irresistível: – Vamos comprar sorvete!

Desta vez, ao ver os quatro vultos se distanciando da
janelinha do ônibus, Jana não teve a mesma sensação de
desligamento de antes. Sentia-se partida ao meio. Enquanto seu corpo ia, a alma ficava para trás.

Na dura rotina que estabeleceu para si nesse ano – durante o dia, voltou a lecionar na escolinha e matriculou-se
num curso para aperfeiçoar o inglês; à noite, assistia às aulas
do supletivo –, não abriu mão, nos primeiros meses, de
viajar para Rio Largo todos os fins de semana para ver a filha. Pegava o ônibus noturno na sexta-feira e retornava no
domingo à noite, chegando a São Paulo na segunda pela
manhã. Ficava cansada, mas não podia fazer outra coisa: a
saudade era sempre maior.

– Fica um fim de semana aqui, Jana. Pelo menos um
por mês – dizia-lhe Lígia, vendo que a sobrinha pouco
aproveitava os programas da cidade. – Você precisa arranjar amigos, sair mais.

Sem Gabi no apartamento, as coisas tinham de fato
ficado mais fáceis. A mesma empregada já durava alguns
meses e Jana era dona do seu tempo para recuperar tudo o

que perdera, estudando com afinco. Poucas vezes aceitou a sugestão da tia. As grades nas janelas faziam-na recordar o quanto a filha sofrera ali dentro, e corria para vê-la feliz e forte novamente, brincando com o avô no jardim.

— Quanto você ganha dando aulas? — indagou o pai um dia.

Jana disse e ele não acreditou.

— Só isso? — O valor correspondia a um terço da mesada que ele lhe mandava.

— Eu não sou formada ainda, não é, pai? Só fiz um teste e um treinamento. Me aceitaram, mas pagam pouco mesmo, fazer o quê?

Em seis meses, cursando o supletivo, conseguiu terminar o segundo ano colegial. Chegou em casa radiante, e encontrou Lígia acordada na sala, esperando-a solenemente para um chá. Pensou que mais uma vez fossem conversar sobre as despesas. Tinham combinado que a cada semana uma delas cuidaria das compras, e essa era a vez de Jana. Costumavam anotar juntas o que estava faltando e escolher, pelo jornal, em que lugar comprar. O novo congelamento que o governo decretara no início do ano já tinha ido por água abaixo. Os preços subiam com uma rapidez vertiginosa, muito maior do que antes, sendo necessário pesquisar qual supermercado vendia mais barato. Mas não era sobre isso que Lígia queria lhe falar.

— Não, Jana. É outra coisa. Me diga com sinceridade: é ao inglês mesmo que você quer se dedicar?

Jana foi pega de surpresa. Tinha começado a dar aulas por força das circunstâncias, porque sabia um pouco da língua e tinha jeito para lidar com crianças, mas em toda a sua vida nunca pensou em outra profissão que não fosse a dança.

— Acho que sim, tia — respondeu, estranhando o assunto. — Eu me dei bem lecionando. E desde que desisti do balé, que outra coisa eu posso fazer? — Estava notando um brilho diferente nos olhos da tia. — Mas por quê?

— Porque eu quero te dar um presente. Você foi ajuizada demais nesses últimos anos e merece. Precisa descansar.

— Um presente? — Não estava entendendo o que isso tinha que ver com o inglês ou o balé.

— É. Um presente. Uma viagem.

— Uma viagem? — Jana pensou logo naquelas lindas praias do Nordeste que saíam nas revistas, com muito sol e mar.

— Não, não é para lá que eu quero que você vá — disse Lígia, e Jana não descobria aonde ela queria chegar. — É uma viagem de passeio, mas também de estudo — explicou a tia. — Se você pretende falar inglês de verdade, tem que fazer um curso na Inglaterra, nos Estados Unidos... — Entregou-lhe um monte de folhetos coloridos. — Vamos, escolha você mesma. Mas decida logo, porque eu tenho que dar a resposta na agência de turismo amanhã.

— Tia... Eu... Isso é muito... Não é possível... Eu... não acredito! — balbuciou Jana, assim que pôde falar. — Mas você vai gastar demais!

– Se eu não puder dar um presente para a minha única sobrinha, para quem é que eu vou dar? – respondeu Lígia, abraçando-a. – E depois, nem é tanto assim, dá para pagar. Vamos lá, escolha logo. Para onde você quer ir?

De repente Jana se lembrou de uma coisa:

– Mas eu não posso perder aula, tia, até o final do ano. Vou terminar o colegial.

– Quem falou em perder aula? Você vai agora, em julho. É um curso de férias. Um mês apenas.

– Agora? Já? – Jana ainda estava tão espantada que a proximidade da data a fez relutar. Subitamente, tinha ficado triste. – E a Gabi, tia? Como vou passar um mês longe dela, justamente nas férias?

– Tenho certeza de que a Gabi vai sobreviver perfeitamente um mês longe da mãe, Jana. Pense um pouco em você também, menina. Você já se sacrificou demais...

Quando o telefone tocou, na manhã seguinte, Jana tinha acabado de mostrar à tia o roteiro que mais a atraiu: o curso num campus universitário na Flórida, Estados Unidos, com passeios à Disneyworld nos fins de semana. Lígia escondeu da sobrinha a sua decepção: essa geração de hoje nem sabia quem tinham sido os Beatles, para ser capaz de trocar a Inglaterra pelos hambúrgueres da terra do Tio Sam! Paciência, Lígia, corrigiu-se em seguida. Não seja uma tia chata e ranzinza. O seu tempo já passou!

Sorriu para a sobrinha:

–Você não acha que está um pouco grandinha para ir à Disney, não? – provocou-a.

– Ah, não, tia! – Jana respondeu prontamente. – Toda a turma lá em Rio Largo já foi. Eu queria tanto conhecer! – Com dezenove anos de idade, seus olhos brilhavam como os de uma criança.

Tirou o fone do gancho e teve outra surpresa. Era Talita.

– Estou aqui em São Paulo, Jana, e estou tão emocionada que tinha de contar pra você. Mas antes me diga uma coisa: você não pensa mesmo em voltar a dançar?

– De jeito nenhum, Talita. Vou ser professora de inglês, tradutora, sei lá... Imagine que daqui a uma semana vou para os Estados Unidos! A tia Lígia me deu a viagem de presente. Estou tão contente que ainda não consigo acreditar!

– Então senta, Jana, e escuta essa. Passei no teste! Me aceitaram no balé do Municipal!...

Há muito tempo não se via tamanha festa nas ruas de São Paulo. Muros, postes, tapumes, as fachadas das casas, tudo estava coberto pela propaganda eleitoral. As pessoas se acotovelavam nas praças para assistir aos comícios, se postavam em frente à tevê para acompanhar debates e não havia uma só mesa de bar, boteco ou restaurante de luxo à volta da qual não ocorressem discussões acaloradas entre partidários desse ou daquele candidato. Nas feiras, esquinas e reuniões de família, não se falava de outro assunto, e havia fortes razões para isso. Em vinte e nove anos, aquelas seriam as primeiras eleições presidenciais.

Até as crianças participavam da campanha – geralmente influenciadas pela preferência dos pais. Pela televisão, vendo diariamente o horário eleitoral gratuito, aprendiam com facilidade os *slogans* e *jingles* de cada político, os símbolos dos partidos e as características de cada candidato. Vestida com uma camiseta do Mickey, que não tirava há quatro meses – só a muito custo convenciam-na a entregá-la às vezes para lavar –, Gabriela vinha de mãos dadas com a mãe, saltitando pelas calçadas do centro da cidade, e a cada minuto lhe perguntava:

– Mãe, mãe, conta, mãe, em quem você vai votar?

– Gabi, você vai ficar quietinha no teatro, promete? Depois a gente fala disso. Agora nós vamos ver a tia Talita dançar.

Foi um custo persuadi-la a não trazer para São Paulo um imenso urso, quase do seu tamanho, que Jana comprara para ela na Disney, e do qual também não se separou mais.

– São só três dias, Gabi, e ele não cabe no ônibus! Vou ter de pagar um lugar só pra ele sentar!

– E você trouxe no avião de que jeito? – Cruzava os braços, emburrada, sem se conformar.

– Sentado no meu colo. Nem pude dormir direito. Vamos lá, filha. Ele fica aqui com a Lurdes, esperando você no quarto.

– Então vou levar os selinhos, as canetinhas, as borrachas perfumadas, o apontador de bichinho... – ia enfiando na mochila toda a parafernália de objetos que Jana trouxera da viagem. Levantou os olhos para consultá-la: – Tudo bem?

– Tá. Coisa pequena pode – concordou a mãe, pensando que de fato tinha exagerado um pouco na quantidade de bugigangas que comprara para Gabi.

Mas não foi capaz de resistir. Ela mesma tinha se sentido com a idade da filha naquele mundo encantado, cheio de imaginação e fantasia, habitado pelos seres mais fantásticos saídos das telas do cinema, movendo-se através de artifícios, truques, prodígios da tecnologia, uma surpresa a cada passo, apelos inadiáveis ao consumo. Tendo saltado, sem transição, da infância para a vida adulta, de certo modo pôde, naquela viagem, recuperar as emoções perdidas.

Subiram devagarzinho as escadarias do teatro, impressionadas com a imponência do *hall*. Jana já estivera ali muito tempo antes, quando era menina, pois dona Marly costumava trazer suas alunas a São Paulo sempre que havia um bom espetáculo no Municipal. Nos últimos três anos ele havia sofrido uma grande reforma e recentemente reabrira em grande estilo, equipado com recursos ultramodernos, mas tendo preservadas todas as suas características originais. Até o veludo de suas poltronas – que Gabi achou engraçadíssimas, pois se inclinavam, correndo para frente e para trás – tinha voltado a ser verde, a mesma cor do dia em que fora inaugurado, há setenta e oito anos, substituindo o vermelho escolhido numa reforma anterior.

Só agora, com olhos capazes de observar melhor os detalhes, Jana reparou na beleza das estátuas *Música* e *Poesia*, uma de cada lado da escada, vindas de Paris na época da construção do teatro, e agora meticulosamente limpas. Admirou o riquíssimo lustre de cristal no teto da plateia: duzentas e vinte lâmpadas acesas, ocupando o centro de uma delicada pintura, que representava o ciclo da vida. Deitada na cadeira, Gabi olhava para cima, hipnotizada. Apontou-o com a mão e expressou o seu receio:

– Mãe, não tem perigo de cair na nossa cabeça?

– Não, Gabi. Ele está bem preso no teto. Olha lá, as luzes já piscaram três vezes. Vai começar.

Quando finalmente o teatro mergulhou na escuridão e as cortinas se abriram, Jana esqueceu de tudo que não fosse o palco e, com a alma em transe, foi transportada para uma outra dimensão. Saíam do seu próprio corpo os movimentos precisos que os bailarinos faziam; estava ali entre eles, atenta à sua marcação; respirava junto com a música, rodopiando, alongando, curvando-se delicada, levantada no ar por uns braços firmes, tombando, correndo, indo e vindo, saltando no infinito contra o fundo azulado, sob a luz do foco que ia mudando de cor.

– Cadê a tia Talita? – sussurrou Gabriela no ouvido da mãe, incapaz de distingui-la entre as moças. Todas as bailarinas tinham o cabelo preso e usavam roupa igual.

– Pssssiu!... – fez Jana, com o dedo indicador sobre os lábios. – Ali, a última daquele lado...

Dançaram duas coreografias em grupo. Depois do intervalo – em que Jana permaneceu sentada na cadeira, incapaz de mover-se, tão quieta que Gabi nem lhe pediu nada –, Talita entrou sozinha com um *partner* e começou um *pas-de-deux* que fez a pele de toda a plateia se arrepiar. No compasso lentíssimo do *Adagietto*, eles deslizavam pelo palco nos braços um do outro, com tanta expressão e técnica que até Gabriela percebeu que a coreografia – de um argentino especialmente convidado para ensaiá-los – representava uma história de amor.

– Mãe... – Jana mal percebeu o que a filha dizia, de tão baixinho. – É o namorado dela?

Fez que não com a cabeça e, apesar do escuro, Gabi viu as lágrimas escorrendo pelo rosto da mãe. Intrigada, saiu da sua poltrona e foi se sentar no seu colo. Passou-lhe os bracinhos à volta do pescoço e Jana ouviu-a murmurar preocupada, apenas movendo os lábios:

– Não chora, mãe...

Abraçada à filha, viu a cortina fechar e abrir várias vezes, o público aplaudindo com entusiasmo, o ritual dos agradecimentos, o *grand finale*. Só depois de alguns minutos se deu conta de que tinha acabado. Colocou Gabi no chão e, de pé, pôs-se a bater palmas exaltadamente.

– Por que você ficou triste? – a menina continuava cismada, pendurando-se na sua roupa.

– Não estou triste, estou é muito contente! – Gabi se tranquilizou porque o semblante risonho da mãe não desmentia suas palavras. – Venha, vamos lá no camarim falar com a tia Talita. – Puxou-a pela mão e foi abrindo caminho entre a multidão que deixava o teatro. – Eu achei lindo, e você?

Gabi nem teve tempo de responder, porque olhava boquiaberta para o burburinho dentro do camarim. Tirando a maquilagem diante de imensos espelhos, recebendo cumprimentos de parentes e amigos e trocando de roupa, tudo ao mesmo tempo, as bailarinas compunham um quadro de colorida desordem que a fascinou.

– Gabi! Jana! – Talita, ainda com a malha do último número, levantou a menina no ar e deu-lhe um sonoro beijo.

– Ih, mais choro!... – Gabi cruzou os bracinhos, divertida, intuindo que era a emoção e não a tristeza que fazia a mãe e a amiga, desfeitas em pranto, se unirem num longo e estreito abraço. Mas desinteressou-se da cena, diante de algo muito mais atraente: cremes, sombras, *blushs* e batons bem ao alcance da sua curiosidade, nas prateleiras.

– Jana... Jana... Que bom que você veio!... – soluçava Talita.

– Talita... Você conseguiu! Era o nosso sonho!... – Jana balbuciava comovida, sem se preocupar em enxugar as lágrimas. – Sabe, Talita, estou tão feliz como se fosse eu!...

Não mentia. Sabia que a emoção da dança a tocaria sempre, tinha-a entranhada no sangue, nos músculos, nos ossos, e assim seria a vida inteira, mas não guardava nenhuma mágoa: simplesmente um acidente de percurso fizera o seu destino mudar de rumo, conforme um dia a cigana prenunciou.

– Então você se deu bem mesmo com o inglês? – perguntou-lhe Talita, depois que se acalmaram, enquanto pintava o rosto de Gabi na frente do espelho.

A menina namorava a própria imagem, encantada.

– Olha, mãe! Estou linda, não estou?

Jana lhe garantiu que era a garota mais linda do mundo, e contou à amiga que, depois da viagem, já lecionava para classes mais adiantadas. Dentro de um mês terminaria o supletivo e pretendia prestar vestibular para a faculdade de Letras-Inglês.

Falaram de Rio Largo e dos conhecidos. As meninas do colégio, imagine, agora procuravam Jana quando a viam por lá. Cláudia até a convidara para uma festa, depois que encontrou Gabi na rua, de mãos dadas com o pai. Talita queixou-se da falta de tempo para qualquer outra coisa que não fosse a dança. A menos que encontrasse alguém dentro do próprio Corpo de Baile, era complicado até para namorar. Jana contou-lhe que seus pais tratavam Gabriela como filha, e não como neta, não a deixando intrometer-se na educação que lhe davam. Mas pelo menos hoje não existiam mais atritos; viviam em paz. Combinaram encontrar-se um outro dia e, ao se despedirem, Talita perguntou por Ivan.

– O meu pai vai casar – comunicou Gabi com desenvoltura, parecendo muito inteirada do assunto. Já se acostumara a ser mimada também pelos outros avós. – Quer ver o convite? – remexia na pequena mochila e estendeu às duas um envelope completamente amassado. – Eu vou na igreja, e de vestido novo!

Assim, Jana ficou sabendo da proximidade da data. Calada, saiu para a rua com a filha. A noite tinha descido sobre a cidade e o último pipoqueiro estava indo embora da frente do teatro. Alcançou-o na esquina, para comprar um saco de pipocas para Gabi. Tinha ficado melancólica. A notícia era esperada e nem sequer gostava mais de Ivan, mas não podia deixar de comparar a sua vida com a dele. Enquanto se formava na faculdade e casava, ela ainda lutava pelo diploma do colegial.

– Mãe, você tem medo de ser feliz?

Levou o maior susto ao ouvir a filha fazer uma pergunta que não era própria de uma criança da sua idade. Mas baixou os olhos e viu-a morrendo de rir, apontando as pessoas que passavam, levando bandeiras – brancas e vermelhas, com a mesma estrela que Ciro usava nas camisetas. Lembrou dele e sentiu saudades.

– Mãe! A musiquinha da televisão, mãe! – exclamou Gabi, num tom de quem desfaz a linguagem cifrada da pergunta. Referia-se ao *jingle* da campanha daquele partido.

Jana abaixou-se na calçada para ficar da mesma altura da filha.

— Mas eu sou feliz, Gabi, sabia? — pegou uma pipoca e depois outra, no mesmo ritmo da menina. — Você sabe o que me falta para ser mais feliz ainda?

Gabriela fez que não com a cabeça.

— Primeiro: entrar na faculdade, mês que vem, em janeiro.

— E depois?

— Acabar a faculdade e arrumar um bom emprego.

— Por quê?

— Para ganhar mais dinheiro e ter uma casa só para nós. Aí vou buscar você para morar comigo.

— Quanto tempo vai demorar tudo isso?

— Xi, Gabi, vai demorar um pouco. Só a faculdade dura quatro anos.

— Quantos anos eu vou ter então?

— Deixa eu ver. Em fevereiro você faz cinco. Uns nove, pelo menos.

— E você?

— Vou ter vinte e quatro.

Gabriela pensou um instante, depois decidiu:

— Mas mãe, com nove anos eu não vou poder vir morar aqui!

— Não? E por quê?

— Porque até lá eu já vou ser bailarina. Não posso faltar na aula da tia Marly, não é?

– E desde quando você resolveu ser bailarina e ir à aula da tia Marly?

Gabi pôs as duas mãozinhas na cabeça, como quem não se perdoa um esquecimento.

– Mãe! Nem te contei! Eu já estou indo! Pedi pra vovó Laís e ela deixou. Desde que eu experimentei aquelas suas fantasias pequenininhas que estão lá dentro do armário...

Jana não cabia em si de espanto:

– E você não me contou nada! Não me contou nada! – repetia. – Nem você e nem a sua avó!... Você quer ser bailarina mesmo, Gabi? Pra dançar aqui, no Teatro Municipal?

– É, mas só quando eu for grande – explicou a menina, puxando a mãe pela mão. – Agora quero ir lá, onde essas pessoas estão indo – apontava na direção do Viaduto do Chá. – Está ouvindo a música? Acho que vai ter festa...

– Não é festa, Gabi. É comício – respondeu Jana, se deixando levar.

A noite estava quente e aquele clima festivo lhe trazia bons presságios. Em São Paulo – já tinha percebido –, as coisas mais imprevisíveis eram possíveis: quem sabe não encontrariam gente interessante por lá...

Autora e obra

Quando eu era menina e morava em Campinas, SP, não se falavam de "certas coisas" com os adolescentes. Era assim que os adultos se referiam a sexo: "certas coisas", "fatos da vida". Informações sobre menstruação e concepção não eram dadas nem mesmo na escola, nas aulas de Biologia.

Faz tempo! Era o final dos anos 1960. Namoro era supercontrolado, *shopping* e computador não existiam, televisão pouca gente tinha. Minha diversão era ler histórias. Logo comecei a escrever. Com 16 anos, me tornei colaboradora do jornal *Diário do Povo*, de Campinas. Com 18, me mudei para São Paulo, capital, onde cursei Letras e

Jornalismo e onde vivi mais de trinta anos. Comecei como jornalista nas publicações alternativas *Versus* e *Singular & Plural*, dirigidas por Marcos Faerman. Fui repórter da revista *Quatro Rodas* e do *Jornal da Tarde*, do grupo Estadão, de São Paulo.

Nessa altura, quando minhas filhas Ana, Gabriela e Clara eram quase adolescentes, fui trabalhar na *Capricho*, na época lida por meninas de 13 a 19 anos. Fui editora de comportamento e redatora-chefe dessa revista. Com isso mergulhei no universo juvenil, em casa e na redação. O mundo havia mudado bastante. As garotas eram livres e bem informadas. Por que, então, engravidavam tão cedo? Para responder a essa pergunta, entrevistei vários especialistas, entre eles a Dra. Albertina Takiuti e o Dr. Rogério Arraes, que me ajudaram a entender a questão. E assim, da matéria sobre gravidez precoce que editei para *Capricho* nos anos 1980, nasceu *E agora, mãe?*.

O livro foi publicado em 1991, um ano depois de eu ter estreado na literatura juvenil com *Em busca de mim* (Prêmio Orígenes Lessa, "O Melhor para o Jovem em 1990", da FNLIJ). Duas décadas atrás eu não tinha noção de que a gravidez na adolescência continuaria sendo uma preocupação da sociedade até hoje. *E agora, mãe?* teve a segunda edição em 2003 – mesmo ano em que saiu sua continuação, *E agora, filha?* – e ganha esta terceira em 2013. Creio que as duas edições anteriores tenham tido no mínimo umas 80 reimpressões.

Saber que a história continua atual tantos anos após ser escrita me alegra e me entristece. Fico feliz porque um texto literário não deve "envelhecer", já que os sentimentos humanos são os mesmos. E triste por constatar que, se *E agora, mãe?* atrai novos leitores, isso quer dizer que ainda há muita menina engravidando "de bobeira", como a Jana.

Depois de *Capricho*, fui editora da revista *Cláudia* durante dez anos, até passar a me dedicar somente à literatura. Publiquei mais de 20 títulos para o público infantojuvenil, entre eles *Danico Pé de Vento*, *Um dia com as Pimentas Atômicas*, *O último curumim* e *Família online* (Editora Moderna), *Em busca de mim*, *Uma garrafa no mar*, *Amarga herança de Leo*, *Olho no lanche!* e *Clique para zoar* (por outras editoras).

Minhas três filhas me deram cinco netos. Desde 2005 vivo em Natal, RN, com meu companheiro Valdemar.

Isabel Vieira

P.S.: Saiba mais no meu endereço na internet:
www.isabelvieira.com.br

Nota do Editor: Isabel Vieira faleceu em 3 de dezembro de 2019, em Natal-RN. Mas continuará para sempre viva em livros como este.